麦克米伦世纪童书

麦克米伦世纪 全称北京麦克米伦世纪咨询服务有限公司,由全球知名国际性出版机构麦克米伦出版集团和二十一世纪出版社集团共同注资成立。

北京麦克米伦世纪咨询服务有限公司
北京市朝阳区光华路SOHO2B座1206
邮编：100020　电话：17200314824
新浪官方微博：@麦克米伦世纪出版

此书
禁止
借阅

[美]艾伦·格拉茨 著 孙晓颖 译

二十一世纪出版社集团

献给所有的图书管理员

爱书突然失踪

🚫　一切都要从我最喜欢的书在图书馆失踪那天说起。

我不知道那本书没了——至少那时候还不知道。在我的印象中，它正独自待在书架上，等着我去发现它，就像一个坐在自助餐厅里的小孩儿，等待他唯一的朋友来找他一样。此刻，我最想做的就是在上课点名之前，赶紧跑到图书馆，借出我最喜欢的那本书。但是瑞贝卡，我唯一的一个真正的好朋友却一直在和我滔滔不绝地讲着用名字注册商标的事儿。

"你有没有想过用你的名字注册域名？"瑞贝卡问我。

"没有，瑞贝卡。我从来没想过要注册域名。我才9岁，我的父母甚至不允许我使用脸书，我干吗要费尽心思去注册一个自己名字的域名呢?"

这就是我想对瑞贝卡说的,但我却只说了句:"没有。"

"你应该注册,"瑞贝卡告诉我,"你的名字多么独一无二啊!但即便如此,别人也一样可以用这个名字注册,到时候你怎么办?我的名字就已经被人抢注了!我也才刚满10岁,可我未来的知识产权却已经被抢走啦!那些大明星们,他们的孩子出生还不到一个月,他们就用婴儿的名字去注册商标了。本以为我的父母也知道该这么做的。"

瑞贝卡的父母都是律师,她也想长大后成为一名律师。我无法想象从事这样一份无聊的工作会是什么样!

但我却只说了句:"是啊!"

我迫切地想要赶到图书馆,去借我最喜欢的那本书。我打开寄存柜,把背包放进去,然后快速扫了一眼信箱。谢尔伯恩小学里每个人的柜门内侧都贴着一个小纸盒,就粘在柜门上那个小通风口下面,设置通风口是为了防止意外——有学生曾经被人欺负,被恶意关进柜子里。如果你想留字条给别人,可以顺着通风口的缝隙把小纸条塞进去,刚好可以掉进小纸盒里。这个举措不知道是从什么时候开始的,但学校一直保留着这个传统,管理员克鲁奇菲尔德先生让这些小纸盒一直留在寄存柜里。

和往常一样,我的信箱空空如也。其实,我早料到了,只不过想看看而已。我唯一的好朋友不信任手写字条。"永远不要留下书面记录。"瑞贝卡说。她的见解大部分来自她做律师的父母。

"你听说过演员摩根·弗里曼吗?"瑞贝卡问,"他的名字被其他人拿去注册了域名。因此,他不得不起诉要求拿回这个名字的使用权。这可真是个有趣的案例!"

"我无法想象还有什么能比这种事更无聊,瑞贝卡!我现在并不关心用自己的名字注册商标或者域名,我最关心的是能否赶在其他人之前,把我最喜欢的那本书借出来。"

我本想对她说这番话。但我就像举着一个盾牌那样捧起一摞书,对她说:"我必须赶在上课点名前把这些书还给图书馆。"于是,在她准备接着陈述这个案例之前,我边倒退边喊了一声:"教室见!"

一般情况下,我会把我最喜欢的书借出来放在书包里。但是,我们学校的图书管理员琼斯夫人规定:一个人只能连续两次借阅同一本书,然后这本书必须放回书架。直到连续存放5个教学日后,你才可以再次借阅这本书。她解释说,这样做的意义在于图书馆要确保其他人享有同等的阅读机会。我可不这么想,我觉得她这样规定是为了让我们多读一些书。其实,我本来就在看各种各样的书。

我把昨天借的书放到还书处,然后就向小说区走去,一边走一边向琼斯夫人问早安。

"艾米·安妮,"琼斯夫人大声喊着,"宝贝儿,等等。"

"我来拿我的书!"我回应着她。刚拐进H-N的书架区域,我就迫不及待地来到我最喜欢的书所在的地方。

只是,它不见了。

我又仔细看了看,它确实不在那里。我到一堆书后面翻找,看看它是不是被推倒了,或者像往常一样被其他书挡住了。但是没有,它确实不见了!我喜欢的那本书一直都放在这儿的呀,难道真的有人把它借走了?

琼斯夫人转回这排书架时,我赶忙上前问她。琼斯夫人是一位身材高挑的白人女子,留着棕色的短发,戴一副镶钻的老花眼镜。不看书的时候,眼镜就挂到脖子上。她今天穿了一条带白色圆点的红裙子,圆点花纹很适合她。

"我的书呢?"我问她。

"这正是我想告诉你的,亲爱的。"琼斯夫人说,"我知道你会在第一时间来找它。"

"满5天了,"我迫不及待地对她说,"我在日历上做好标记了,5天之后我就可以续借,是你说的!难道有人——有人把它借走了?"

"没人借!艾米·安妮,我不得不把它拿走。"

我皱了皱眉。为什么要拿走?她的意思难道是那本书下架了?

"为什么?"我充满疑惑地问。

琼斯夫人叹了口气,十指紧扣在一起,悲伤的表情就像要告诉我我的狗死了似的。

"因为一部分家长集体表示这本书不适合小学生阅读,学校董事会已经采纳了他们的意见。"

"不适合?什么意思?"

"也就是说,我不能把它借给你,亲爱的,也不能借给其他学生。直到我和董事会再次沟通,撤销这个毫无意义的决定之前,没人可以借阅。

"艾米·安妮,这意味着,学校图书馆现在禁止借阅你最喜欢的那本书。"

我刚才是
这么说的吗？

听了琼斯夫人的一番话，我顿时感到脚下的地毯变成了流沙，整个人仿佛瞬间向下滑落。我急忙抓住身旁的书架，防止自己摔倒。"但是，它并没有不适合！我觉得非常适合啊！多棒的一本书！我最喜欢的一本书！"

"我知道，亲爱的，我同意你的看法。但是，只有你们的父母有权利决定你们可以读什么书，不可以读什么书。不过，我向你保证，我会向董事会据理力争。但目前，我必须遵守学校董事会的决议，否则我就会失业。"琼斯夫人无奈地说。

我只能点头。我想哭，但我知道这很愚蠢。这对我来说，就像有人没打招呼就跑到我的卧室拿走了我的东西。更愚蠢的是，书是图书馆的，图书馆的书属于每个人。

"艾米·安妮,你可以帮我把它找回来。"琼斯夫人说。

我擦掉脸上的泪珠,问道:"我该怎么做?"

"这个星期四晚上,学校会召开董事会会议。我会对他们说这是一个错误的决定。如果你也能来说出你的想法,会更有帮助。"

我睁大了眼睛问:"我?"

"只是让大家亲耳听听你喜欢这本书的原因,就已经很有意义了。"

我一时语塞。"你疯了吗,琼斯夫人?我,站在一群大人面前告诉他们我为什么喜欢这本书?你的大脑也被圆点花纹感染了吗?我怎么可能做得到!"

我想对琼斯夫人这么说。但我只说了句:"好吧!"

我最喜欢的书
（为什么？）

晚班公交车把我载到我家门口附近，我下了车，站在路边，看着街道旁我家那栋黄色的房子。此时，我那让人烦恼的两个小妹妹就在那栋房子里。我闭上眼睛，一想到她们就不寒而栗，简直一分钟都不愿意和她们多待。你是没见过她们，但请一定相信我，如果颁发世纪最糟糕姐妹奖，非阿丽克西斯和安吉丽娜莫属，她们的破坏力远超任何你在动漫或者小说里看到的顽皮弟弟妹妹，连埃德蒙·佩文西[①]——就是那个把兄弟姐妹出卖给白女巫换甜点的埃德蒙·佩文西——都望尘莫及。

就在此刻，我想到了离家出走，就像我最喜欢的

[①] 小说《纳尼亚传奇》中的人物。

那本书里的主人公那样。

我告诉过你我最喜欢的书是什么了吗？就是谢尔伯恩小学禁止借阅的那本书？我承诺琼斯夫人会去董事会会议上参与讨论的那本书？要大声说出来？在很多人面前？这本书就是美国女作家E.L.柯尼斯伯格的《天使雕像》。我还喜欢读很多别的书，尤其是《蓝色的海豚岛》《手斧男孩》《山居岁月》《海蒂的天空》《海狸的记号》和《狼群中的朱莉》。这些故事里的主人公大都过着离群索居的生活。《印第安俘虏》这本书也相当棒，尽管里面的主角玛丽·杰米森并非自愿住在印第安部落里。换作我，我宁愿被印第安绑匪抓走也不愿和我的那两个愚蠢的妹妹待在一起！

我转身向前方望去，脚下的路一直通往前面的四车道公路。开车15分钟就能到达我们最喜欢的那家墨西哥餐厅——帕帕墨西哥卷饼店。我想我可以逃到那家餐厅去。要是步行的话，走多久才能走到呢？我无助地摇了摇头。即使我能走到那里，接下来该怎么办呢？

在《天使雕像》这本书里，克劳迪娅和她的弟弟杰米逃到了纽约大都会艺术博物馆，每天晚上他们都藏在博物馆的洗手间里，这样保安就不会发现他们。我是不是也可以躲在墨西哥餐厅的洗手间里，直到晚上餐厅关门？如果那样，我整晚都会被困在餐厅里。如果我现在去图书馆呢……

这时，妈妈开着车拐进路口，朝我的方向开过来，逃跑的梦想瞬间破灭。我站在原地，直到她把车子停在我身旁，摇下车窗。

"嘿，陌生人，在考虑离家出走吗？"

"我当然在想着离家出走的事儿。每天我都站在这里，想着如何把换洗的衣物和我所有的钱放在背包里——尽管我没什么钱，因为你们没给我多少零用钱。然后，我就坐上晚班车到购物中心附近，每天晚上都睡在百货公司的大床上。"

我很想这么说，但我只说了句："没有。"

妈妈比我肤色略浅，留着鬈发，笑的时候脸上有两个大酒窝，就像现在这样。"上车吧，"她说，"今天在学校过得怎么样？"她边问边放慢车速。

我想说："太可怕了！我最喜欢的那本书被下架了。琼斯夫人让我参加学校董事会的会议，参与讨论这件事儿。我答应了，可我不知道到底该怎么做！"但我只说了句:"挺好的。"

"别把辫子放嘴里!"妈妈曾经提醒过我无数次。我的头上梳满了辫子,有一些辫子的末端还挂着小珠子。每当感到紧张的时候,我就想吮吸它们。我经常这么做。

妈妈把车停在爸爸的卡车旁。我下了车,站在那里,不想进家门。

"哦,来吧,没那么糟糕!"妈妈说。

"哦,不,糟透了!"我想说,但我当然没有说。

小矮马和
粉色芭蕾舞裙

我家养了两只大型罗威纳犬——弗洛特和杰特。它们一同跑到门口迎接我和妈妈，兴奋地舔着我的脸。它们身材高大，个头儿已经和我的腋窝平齐。

"好了，好了。"我说着，尽力安抚着它们，让它们明白我已经问候过它们了。但它们还是不停地吠叫着，摇着大尾巴，挡住我的去路。我只好把妈妈当成冲锋在前的破冰船，紧紧跟在她身后，从它们身边挤过去，走进厨房。爸爸正在厨房里忙着。他站在灶具旁搅拌着两口锅，烤箱里烤着什么东西，他还准备了沙拉。爸爸又高又瘦，皮肤和我一样黝黑，因为整天做砌砖的工作，他的胳膊肌肉发达。爸爸一边做饭，一边大声播放着他喜欢的歌剧，那位正在演唱的意大利女歌手唱起歌来就像有人一直在摇晃她的肩膀。

"15分钟后意大利面就好了,"他告诉我们。"阿丽克西斯!"他喊着,"过来摆餐具!我已经叫你3次啦!"

"不行!"阿丽克西斯在走廊尽头我俩的房间里大喊着,"我正在换芭蕾舞裙!"

"艾米·安妮,亲爱的,你来帮个忙怎么样?"爸爸说。

"不行,阿丽克西斯总是找各种借口躲避家务活儿,让她做。"本来我想这么说。但是,根据我以往的经验判断,争论没有任何意义。由我去做,对家里的每个人来说都是更简单的选择。于是,我把背包扔在地板上,去橱柜里拿盘子,妈妈消失在过道尽头,去换掉上班穿的衣服。

"象棋社团怎么样?"爸爸问我的时候,我有点儿心虚。我每天都坐晚班车回家,因为我告诉父母我参加了几个社团,回家会比较晚。事实上,我并没有真的去参加象棋社团、动漫社团或者机器人社团——我没有参加任何社团。我只是坐在图书馆我喜欢的角落里,静静地看书,直到不得不离开。在图书馆的时光,是我仅有的得以享受片刻和平安宁的时光。

"很好。"我违心地说。

这时,我最小的妹妹安吉丽娜,四脚着地飞奔到厨房。安吉丽娜今年5岁，身材有点矮胖。不过，她完美遗传了妈妈的酒窝、爸爸的肤色，头发朝后梳成一根蓬松的马尾辫。安吉丽娜一直希望长大后成为一匹小马，所以在过去的几个星期里，她整天都在训练自己。她嘴巴发出啪嗒啪嗒的声音，学着小马的样子一路跑过来，用头顶了我一下。

"你好，安吉丽娜。"我说。

"我是彩虹·丝芭蔻！"她告诉我。彩虹·丝芭蔻是她的小马的名字。但我绝对不会叫她彩虹·丝芭蔻。

家里的两条大狗以为安吉丽娜在和它们玩耍，于是跑到我来回走动的地方，蹦蹦跳跳地围着她吠叫。我只好把盘子举得高高的，免得挤来挤去不小心摔了盘子。安吉丽娜和狗狗们又爬到爸爸的脚下，爸爸皱着眉头从炉灶旁躲到一边。

"好了，现在我要所有的小马和大狗都离开厨房，直到我做好晚餐。"爸爸说，"艾米·安妮，你可不可以帮帮忙？"

"为什么又是我？我可没有四脚着地在地板上爬来爬去，惹你生气！"我想这么说，但我当然没有说出口。我从背包里掏出《轮滑女孩》，配合安吉丽娜的想象，把她引到过道，然后招呼弗洛特和杰特跟着我来到我和阿丽克西斯共用的房间。

一进门，我就惊呆了。房间里，阿丽克西斯把衣服堆了一地，就连我这一边也堆得满满的。她穿着粉色芭蕾舞裙，抱着我的床的一角正在练习阿拉贝斯克舞步。阿丽克西斯是我的大妹妹，她的肤色是漂亮的棕色，介于爸爸和妈妈的肤色之间，粉红色挑染的头发剪得短短的，拉得直直的。CD机里播放着震耳欲聋的流行歌曲。

我气急败坏地把她的衣服踢到我们假想界线的她的那一侧，愤怒地说："请用你自己的床！"我已经提醒过她无数次了。

"不行！"她也一如既往地反驳我，"只有你的床柱和芭蕾舞把杆一样高！"

"真是乱死了！"我说，但她还是不走。我按下CD机的退出键，取出光盘，跳上床。

阿丽克西斯追在我后面抢她的CD。"妈妈，妈妈，艾米·安妮又拿走了我的CD。"阿丽克西斯边抢边叫喊着。

"这也是我的房间，我要看书。"我告诉她。

"艾米·安妮,"妈妈喊道,"艾米·安妮!把CD还给妹妹。"

"为什么?这房间也有一半是我的。"我很想这么说,"我不想一边听泰勒·斯威夫特唱歌,一边看书!"但我知道说这些毫无意义。阿丽克西斯想什么时候练芭蕾舞就能什么时候练。想到这些,我气愤地把CD像扔飞盘一样扔到她的床上,阿丽克西斯扑过去想接住光盘。随后,我叫上那两条大狗跟着我来到走廊。妈妈已经换好了衣服,准备去厨房。这时,她的手机响了。

"别接!"爸爸大声喊道。

妈妈从兜里拿出手机看了一眼,说:"是办公室打来的。"

"千万别接!"爸爸又喊道。

妈妈还是接了:"你好,哪位?喂?你不是开玩笑吧?重新做演示文稿?你说真的吗?什么?明天下班之前?不行,要等到……不,我已经回家了。我正要和我家人坐下来,并且……"说着,妈妈用手捂住手机,朝爸爸喊着:"贾迈尔,请把音乐声关小点儿,行吗?"

"我告诉过你,千万不要接电话!"爸爸嘟哝着,没有搭理妈妈,仍然播放着震耳欲聋的歌剧。

弗洛特和杰特又想跑进厨房找食物，我只好把它们牵到客厅。可是，我发现客厅里还是无处容身。安吉丽娜把家里的垫子全都拿下来搭建"马厩"，她还用妈妈的碎纸机把纸片切碎当干草铺在马厩里。今天，她还找到另外一些可以用来做篱笆墙的东西。

"那是我的书！"我大惊失色。她把我的书从中间打开，相互支撑着，在马厩的外面围成半圈儿篱笆，书脊全都弯曲变形了。我毫不犹豫地冲过去抢回我的书，安吉丽娜见状急得大哭起来。

"不行，不行！我需要它们，我需要它们！"她哭着想抢回那些书，"你现在又不用！"

"好啊，那你现在也不用你的房间，我可以去那儿看书吗？"我反问道。

我和阿丽克西斯共用一个房间，因为5年前，爸爸妈妈觉得家里还不够热闹，需要再添个孩子。于是，因为休息时间和我们不同，安吉丽娜作为最小的孩子有了一间属于她自己的卧室。如果我也能拥有自己的卧室，我会很开心在每天晚上8点就上床看书。但我很清楚，阿丽克西斯和安吉丽娜不可能共用一间卧室。

我抱起那堆书就向安吉丽娜的卧室走去。

"不行，不行！那是我的房间！你不能用！"安吉丽娜在我身后尖叫着。

妈妈把头探进房间，说："孩子们，拜托啦！我在打电话！"

安吉丽娜钻到我的两腿中间，哭着说："艾米·安妮拿走了我的篱笆墙，还要占用我的房间！"

"艾米·安妮，我希望你能表现得成熟点儿。"妈妈说。

"但是……"我刚想说。

妈妈紧锁眉头说："你来搞定！"然后扭头继续接电话。

我很不解，为什么我必须把CD还给阿丽克西斯，但安吉丽娜就可以占用我的书？这样公平吗？妈妈居然还不理解我为什么要离家出走。

我转身离开安吉丽娜的房间，狠狠地把书塞给她，愤愤地说："如果你把任何一本书的封面或书页折损了，你就会变成一匹死马，明白吗？"

"我是小矮马。"安吉丽娜说着，把这些书重新码放到原来的位置。

"艾米·安妮？"爸爸喊道，"我不是叫你把大狗们带离厨房吗？它们又跑过来舔地板了！"

真郁闷！我猜那两只大狗一定是趁着我和安吉丽娜吵架的工夫，又溜到厨房去了。

"弗洛特！杰特！过来！"我大喊着。

妈妈在门厅里皱着眉，一只手捂住耳朵，另一只手拿着电话说："麻烦您再说一遍？"

我把狗牵到洗手间，重重地关上门。这里是我唯一可以躲起来的地方，看不到任何人。我坐在马桶盖上，拉着弗洛特和杰特，把它们搂在怀里。对我来说，只有它们能够认真听我说话，我已经不愿再尝试和家里其他人沟通了。

"我不知道你们有没有魔法，帮我找到一个神奇的兔子洞或者在后院挖到一个魔法护身符，把我带到另一个世界？"

弗洛特和杰特舔着我的脸颊，摇着又短又粗的尾巴，我想它们是在说"没有"。

"至少，我们可以在这里躲到晚餐时间吧！"我悻悻地对它们说。

这时，外面响起一阵急促的敲门声。"妈妈，妈妈！艾米·安妮霸占了洗手间，我要上厕所！"阿丽克西斯喊道。

它说话了

晚饭的时候，阿丽克西斯像芭蕾舞演员那样用叉子卷起意大利面，然后去蘸酱料。安吉丽娜解放了双手，用嘴吸着面条吃。我心里盘算着晚饭后就去电脑上查查步行到公共图书馆需要多久。

"重新制作这个演示文稿，意味着后面整个一星期我都要工作到很晚，我需要你去泰格特夫人那里接安吉。"妈妈边吃边对爸爸说。

"除了星期四，其他时间都可以。"爸爸说，"星期四，我约好了要去北罗利查看房屋重建的工程项目。不过，我应该可以送阿丽克西斯跳芭蕾。"

妈妈叹了口气，说："那星期四我得找个人帮忙顶个班。还有别的事情吗？"

"我星期四要参加学校董事会会议。"我想说。

并且，这次我真的说出来了。

爸爸妈妈惊讶地看着我。

"学校董事会会议？"爸爸调侃地问，"你打算去参加竞选吗，我的孩子？"

"不是，只是我碰巧需要参加这次会议。"我说。

"星期四已经够忙的了，亲爱的。"妈妈说，"爸爸安排了事情，阿丽克西斯7点要上芭蕾舞课，安吉丽娜下午有个玩伴聚会，整个星期我都要忙着做演示文稿。"

"可是，他们要禁止借阅我最喜欢的那本书！"我愤愤不平地对父母说。

"谁？"爸爸不解地问。

"学校董事会！"我说。

"为什么？"妈妈惊讶地问，"重要的是，书里是不是有你不该看的内容？"

"不是，是《天使雕像》。我已经读了上百遍！可是现在，它不能在图书馆上架了，那是我最喜欢的一本书！"

"听起来，你对这件事相当恼火！"妈妈认真地说。

我想是的。因为我发现，餐桌上的每个人都在看着我，安吉丽娜甚至忘了她的小马角色，目不转睛地盯着我看。

爸爸妈妈隔着桌子对视了一下,就像某些时候那样,虽然什么也没说,但是通过眼神已经传递了彼此的想法。爸爸对妈妈说:"我想,如果你能想办法接安吉丽娜并带阿丽克西斯去上芭蕾舞课,我就可以带她去参加会议。"

"我无法兼顾两个,"妈妈说,"但是我们可以问问米切尔夫人,看看能不能让安吉丽娜在她那里吃完晚餐再去接。至于阿丽克西斯,可以和我一起去办公室,直到上芭蕾舞课的时间。"

阿丽克西斯和安吉丽娜马上对这个安排提出抗议。安吉丽娜抱怨米切尔夫人做的食物太辣,阿丽克西斯觉得妈妈的办公室太冷。然而,这次爸爸和妈妈告诉她们,即便如此,她们一样可以活下来。而我,一定要去参加董事会会议。

我简直不敢相信。这一次我居然真的说出了心里话并且得到了积极的回应。我感到胸口在剧烈地震颤,就像坐上过山车向山顶冲击的那一刻,把你甩起来,再抛下去。你虽然很害怕,但之后就是无比兴奋的感觉。此刻,我真想闭上眼睛,大叫着举手庆祝,但我担心会吓到他们。

不过,或许在这个"疯狂小屋"里根本不会有人注意到我。

常 识

🚫 很快就到了星期四。仿佛突然间,我就坐在了爸爸的卡车上,去参加学校董事会会议。到时候,我不得不在会议上告诉每个人我为什么喜欢《天使雕像》这本书。一路上,我一直在担心自己要说的是不是有点多。

学校董事会会议将在市中心一栋灰色大厦三层楼的一个房间里举行。房间的前面放着一张弧形的桌子,有几位董事会成员已经就座。董事会成员的座席对面有两片座位,座椅看起来不太舒服。两片座位中间是一条过道,过道的正前方有一个插着麦克风的讲台。过一会儿,我就要在那里讲话。

我的口袋里揣着一张叠好的稿纸,上面写着我为《天使雕像》准备的辩护。我从来没偷过任何东西,除了四岁时在杂货店拿过一根棒棒糖。那天,当爸爸妈妈在收银台结账的时候,我一把抓起一根棒棒糖,塞到自己的口袋里。现在,我已经长大了,我知道那是错误的行为。当时,那根棒棒糖好像会发光,无论在杂货店出口还是在停车场,感觉好像每个人都能看到它,每个人都知道我是个坏小孩。于是,还没等走到车子附近,我就已经面红耳赤、痛哭流涕地向爸爸妈妈坦白了自己的所作所为。现在,口袋里的这张演讲稿给我的感觉和当年那根棒棒糖简直一模一样。我很惊讶它竟然没有在来大厦的路上发出任何警报。我该怎样站起来,在这些人面前大声朗读我写的演讲稿啊?

图书管理员琼斯夫人一看到我们走进来,就赶紧跑过来给了我一个大大的拥抱。今晚,她穿了一件有白色圆点的黑色连衣裙,戴了一副黑色圆点大耳环。

"哦,亲爱的,很高兴今晚你能来。"她兴奋地说,"艾米·安妮是我们的荣誉图书管理员,"她对爸爸说,"她甚至比我待在图书馆里的时间还要长。"

我突然开始担心琼斯夫人有可能揭穿我的谎言——每天我都留在图书馆里,根本没去参加过什么社团活动。她不知道我一直都在对爸爸妈妈撒谎啊!

琼斯夫人说着，主动和爸爸握手，并自我介绍说："我是欧珀·琼斯。"

"欧珀真是个好听的名字。"爸爸礼貌地握着她的手说道。

琼斯夫人的脸一下子变红了。成年女性看到爸爸的时候总是一副怪怪的表情。妈妈说，那是因为爸爸肌肉发达，笑起来就像电影明星。

"因为我的父姓是史密斯，我的父母就为我起了这个有趣的名字，"琼斯夫人耸了耸肩说，"后来，我嫁给了一个姓琼斯的男人。有什么办法呢？"

"那么，那本被禁止借阅的书到底是怎么回事儿？"爸爸好奇地问。

琼斯夫人深深地吸了一口气，显然，她的肺活量相当大。"图书馆的书并不是第一次遇到挑战，但董事会没有征求我的意见就直接决定下架这本书，这还是第一次。这一切都是因为那边的那个女人。"

爸爸随着琼斯夫人的目光看向一位白人女子。她身材娇小，长得很漂亮，留着一头金色的短发。身上穿着一条搭配得当的紫色裙子，披着一件夹克衫。

"看起来，她不怎么喜欢看书。"爸爸调侃地说。

"她叫萨拉·斯宾塞,我们社区的顶梁柱。她是谢尔伯恩小学家委会成员、谢尔伯恩小学操场重建委员会委员、罗利慈善医疗基金会成员、北卡罗来纳州艺术博物馆委员会委员以及北卡罗来纳州歌剧协会会员。"琼斯夫人滔滔不绝地介绍着。

"哦!"爸爸说,听到"歌剧"两个字的瞬间,他立刻表现出极大的兴趣。我的心也随之悬了起来,我急忙抓紧爸爸的胳膊。我可不希望他跑到董事会会议上放声高歌。

"最重要的是,斯宾塞夫人和她的丈夫非常富有,是学校的捐款人。这意味着董事会成员只会倾听他们的声音,而不是我的意见。"琼斯夫人继续补充道。

我不认识斯宾塞夫人,但我认识坐在她旁边的男孩,他叫特雷。我们都是四年级沃恩先生那个班的学生,我和他之间有过一段小故事。特雷和他妈妈一样,留着一头金色的头发,只不过有点儿乱。他上身穿了一件无扣的半袖衬衫,下面是牛仔裤。原本他低头在笔记本上画着什么,抬头发现我正盯着他,又赶紧低下头去,躲开我的目光。

这时候,董事会成员宣布会议开始,我和爸爸挨着琼斯夫人坐下来。整个听众席上只有不到一半的人。

董事会的成员先是汇报了一些无关紧要的事件，只有律师瑞贝卡才对这些感兴趣。接下来是公众评论时间，在此期间，所有参会的人员都可以上台畅所欲言。我心情沉重地坐在椅子上，感觉口袋里的纸揉搓起皱的声音比燃放焰火的声音还大。

"第一位上台的是欧珀·琼斯博士。"一位董事会成员宣布。

我惊呆了。"琼斯夫人是位博士？"我忍不住感叹一句。

"应该不是医学博士，多半是图书管理学的博士。"爸爸解释说。

还有图书学的科学家？我眼睛睁得大大的，脑子里想象着图书管理员穿着实验室的服装，像电视里的犯罪现场调查员那样在显微镜下看书的样子：头发蓬乱的图书学家们用大型机器记录着图书，机器里不时地发出噼里啪啦的电流声；疯狂的图书学家们在玻璃烧杯里搅拌着新衍生出来的单词……我完全沉浸在图书学家们工作的幻想中，以至于错过了大部分琼斯夫人的演讲。

"但与无视《复议申请表》和学校董事会建立的一整套用于评审和质疑图书的评议流程相比,知识自由才是我们遇到的更大的问题。"琼斯夫人慷慨激昂地说。

有一些董事会成员坐在那里翻着白眼儿,还不停地在椅子上来回晃悠,就像坐在沃恩先生的课堂上的我们。那天,在沃恩先生开始教授我们如何使用分数的时候,我们就是如此心不在焉地听着。不过,显然琼斯夫人没有注意到大家的表情。

"作为教育工作者,我们的使命就是尽可能多地让我们的孩子们接触各种不同的图书和观点。这意味着学生们既可以选择阅读内容相对简单的图书,也可以阅读有一定难度的图书。同时,这也意味着学生们可以阅读一些有挑战性的图书,或者一些只具备娱乐性功能的图书。是的,我们应该允许学生们阅读一些可能和我们持不同意见的图书,让他们自己去决定一些事情。尽管有时候我们会觉得这样做有点儿可怕,但这正是我们希望给予孩子们良好教育的意义所在。"

一些董事会成员开始不停地翻阅整理文件,查看手机。几乎没人认真听她的演讲。

"女士们,先生们,"琼斯夫人说,"每位父母都有权利决定他们的孩子可以或者不可以阅读什么书。但他们没有权利去为别人家的孩子做决定。在此,我诚恳地希望董事会能够撤销这个武断的、未经公众评议就决定下架这些图书的决议,并请遵循董事会的复议规则,向那些关心图书馆资源的父母征询意见。谢谢!"

当琼斯夫人结束演讲的时候,大部分董事会成员都盯着面前的桌子,而不是琼斯夫人,还有人在假装咳嗽。

"谢谢琼斯博士!斯宾塞夫人,您要讲点什么吗?"

特雷的妈妈走上讲台,和琼斯夫人不同,她没有拿任何演讲稿。

"董事会的女士们,先生们,我是一个从小在这里长大的孩子,我也曾经是谢尔伯恩小学的学生。不过,我不好说是多久以前的事情了。"她打趣地说。

有几位学校董事会的成员跟着友好地笑了起来。

"回想过去,学校图书馆是一个多么安全的地方。在那里父母完全不必担忧孩子们会读到教唆他们撒谎、偷窃或者欺骗的图书;他们也不会找到任何一本不适合10岁以下年龄段阅读的、讲解人体结构的图书,或者其他一些毫无价值的图书;他们更不会看到教唆孩子们和长辈顶嘴或者其他不尊重长辈行为的图书。有人说我守旧，但我坚持认为学校不是一个挑战父母权威的地方，而是一个稳固父母权威的地方。"

我眉头紧锁地听着她的发言。我在图书馆里没有读过任何一本教唆我们撒谎、偷窃和欺骗的图书，如果想做这些，每个孩子都知道怎么做，完全不需要读书就会做。同时，我非常尊敬长辈，他们要我怎么做我就怎么做，甚至去做很多根本不合常理又毫无意义的事情。

"琼斯夫人没有使用'审查制度'这个词，但她说的每句话却都指向这个词。"斯宾塞夫人继续说道，"我并不喜欢'审查制度'这个字眼，我喜欢用'常识'这个词。我们应该保护我们的孩子，我们不应该用什么'审查制度'去排除那些不适合孩子年龄段的东西，而应该用我们的常识。我相信，琼斯夫人绝对不需要用'审查制度'去衡量那些带有 S-E-X 的成人杂志，就可以轻而易举地把它们从图书馆的目录里清除出去，因为这是我们的常识。"

S-E-X？她在为谁拼读字母啊？难道她认为在座的孩子以前从来没听过"sex"（性）这个词吗？或者她认为我们还没学会如何拼读这个词？

"我们不过下架了11本书。"斯宾塞夫人说,"图书馆里还有成千上万本图书供孩子们阅读,我们还有很多好书可以提供给他们。我只不过要求下架那些不适合阅读或者说没有任何阅读价值的图书。我想说,图书馆下架这些图书是非常正确的决定,我希望你们相信自己的智慧和常识。因为,父母们会发现孩子们再也不会接触到那些不利于他们健康成长的图书了。谢谢大家!"

斯宾塞夫人话音刚落,坐在我们身边的琼斯夫人清了清嗓子,挪动了一下座位。

"谢谢,斯宾塞夫人。"董事会成员说,"还有人要发言吗?"

琼斯夫人微笑着看了看我。爸爸也向我投来疑惑的目光。就是这样,这就是我提前准备好演讲稿的原因。这就是为什么我会让父母为此重新安排一天计划并带我参加会议的原因。这就是为什么我会牺牲在床上阅读的时间,在晚上7点来到这里参加这个无聊的会议的原因。他们都期待着我站起来说点什么,让我告诉董事会为什么他们不应该下架《天使雕像》这本书!此刻,我最应该做的就是站起来走上讲台!

我紧张得心都要跳出来了,眼睛紧紧地盯着前方。

"还有人要说点什么吗?"董事会的人再次大声问道。

董事会成员在等。

斯宾塞夫人在等。

琼斯夫人在等。

爸爸在等。

我咬住辫子。

"那么,好吧!如果没有其他意见。董事会维持谢尔伯恩小学图书馆下架这些图书的决议。"董事会的人大声宣读。

"同意!"有人在下面回应着。

哦,不,不!我真应该说点什么,我也很想说点什么。但是,我没有说出来,我做不到。

"大家都同意吗?"

"同意。"一大群人附和着。

"有没有人反对?"

"反对。"只有两个人答道。

"那么,继续下面议程,还有其他事情要讨论吗?"

就这样,会议结束了。听众席上有几个家长站起来,抱怨着孩子们每天回家还有很多家庭作业要做,但我几乎什么也听不进去。就这样,我没有抓住唯一说话的机会,唯一可以告诉大家我所喜欢的那本书有多棒的机会。我还是一如既往地重复着一直以来的沉默,我坐在那里什么也没说。我的脸就像着了火似的滚烫,我的双手紧紧抓着椅子边儿。我坐在那里一动不动,我甚至不敢看爸爸,更不敢看琼斯夫人。

接着,董事会开始讨论另一所学校管道工程的投标问题。爸爸生气地说:"我想我们没有必要继续坐在这里了,我们已经浪费了很多时间。"

我点了点头,忍住眼泪。

"我要等到会议结束,"琼斯夫人小声地说,"我会尽力说服其中几个董事会成员。"

"祝您好运!"爸爸无奈地说。

当我经过琼斯夫人走向过道时,我抬起头对她说:"对不起!"

"哦,亲爱的,不要说对不起,你没有做错什么!"琼斯夫人温和地说着。她随后拉住我的手,紧紧地握了一下。

"我知道,这是我的错。"我很想这么说。

但是我没有说。

《天使雕像》

在回家的路上,我从口袋里掏出写好的演讲稿,打开它。上面写着:为什么《天使雕像》是我最喜欢的书。演讲稿的内容并不多,但是我花了很长时间才准备好。

如果你喜欢一件东西,你会如何形容它?你可以说出一大堆喜欢它的理由,不是吗?比如,喜欢主人公离家出走跑到博物馆,喜欢克劳迪娅把衣服装进空的小提琴箱子,喜欢他们睡在那张古香古色的大床上,还跑到喷泉里洗澡,喜欢他们解开了那座古老雕像的谜团,喜欢这本书里所有跌宕起伏的故事情节。

不过,这些都不是我在读了13遍后,还想再次阅读这本书的真正原因,而是某些更宽广、更深刻,比所有这些叠加在一起还要多的原因。你该如何向别人解释对你来说很重要,但对别人来说可能一文不值的事情呢?你该如何用言语表达一本书是怎样深入你的内心并成为你的一部分,以至于离开它你会感到空虚?

"那是你的演讲稿吗?"爸爸问我,"为什么你不说出来?哦,真该死!艾米·安妮!这是我们今晚远道而来参加会议的全部理由,不是吗?我们重新安排一天的计划就是为了这件事。妈妈和我本来有很多更重要的事情要做,不是吗?"

大颗的泪珠瞬间滑落下来,我扭过头不想让爸爸看到。我想默默地流泪,但还是被爸爸发现了。

"你哭了?艾米·安妮,我真该死!对不起,我不是那个意思。我知道说出来有多难。"爸爸从口袋里掏出一条鲜红色的手帕递给我。然后,他问:"那么,那是一本什么书?"

我摇了摇头,不看他,自顾自地继续哭。

"说说吧,是《天使雕像》,还是什么别的书?"

他想让我笑起来,但我实在太难过了。爸爸说得对,家里的每个人都因为我而改变了计划,我们在晚上大老远跑来市中心参加会议,而我却因为害怕而一言未发。

爸爸不再说话。几分钟后,他把车开到了一家书店。我几乎没有注意到他没有直接开回家。

"来,擦干眼泪!我们去看看这里有没有你的那本书。"爸爸说。

来到书店,我把书名告诉了登记处的一位女士,她马上就知道是哪本书。很快,爸爸就给我买了一本属于我的《天使雕像》。

"给你,现在图书馆里有没有这本书已经无所谓了,你已经有自己的这本书了。"爸爸开心地说。

回家的路上,我双手捧着这本书,轻轻地放在膝盖上。尽管这本书的封面和图书馆那本不太一样,封面上的纽伯瑞奖章也只是印上去的,不像图书馆那本是有凹凸感的立体图案。不过这些都无关紧要!真的,对我来说,重要的是内容和插图一模一样就行了!

我非常开心有了自己的《天使雕像》,但我还是忍不住去想,以后在图书馆里再也看不到这本书了。如果不是在那里遇到这本书,我根本不会知道它是我最喜欢的书。

梳胭脂鱼
发型的女孩

❶ 有时候,我喜欢假装自己是书中的主角,我的爸爸、妈妈、妹妹还有瑞贝卡也是书里的角色,甚至琼斯夫人、沃恩先生、我的老师以及班里的其他孩子都是书里的各种角色,但只有我是主角。我是那个用自己的声音解释一切的人,一切事情都发生在我身上。唯一的问题是,最好的书并不是主人公碰巧遇见某些事的那种书,而是主人公主动做了某件事的那种书。比如逃到纽约大都会艺术博物馆。这就是为什么我永远不可能成为书中主角的原因。

我什么都没做。

当我读到克劳迪娅和杰米从博物馆的餐厅喷泉池里收集了2.87美元的硬币时,我把书签放进去,合上了书。这时,公共汽车正行驶在去往学校的路上,我透过车窗向外张望。

昨晚睡觉前,我就已经看完了我的《天使雕像》。

车子来到瑞贝卡家门口附近,她跳上车,砰的一声坐在我旁边的座位上。

"董事会开得怎么样?"她急切地问。

我耸了耸肩膀说:"你会喜欢的,他们说了很多的'提议'和'我赞成'之类的话。"

"《罗伯特议事法则》,"瑞贝卡说,"好像是一个叫罗伯特的人写的。"

"我没开玩笑。"我想,但我没说。

"你在会上读你写的演讲稿了吗?"瑞贝卡接着问。

我看着窗外说:"没有。"

"艾米·安妮,你花了将近一个星期的时间准备那个演讲稿啊!"

我耸了耸肩膀。

"那么,琼斯夫人参与讨论了吧?后来怎么样?"

"没用,那些书要全部下架。"

瑞贝卡看着我手里的书问:"这不就是你那本书吗?"

"是的,这是我爸爸给我买的。"

瑞贝卡从我手里拿过书,看了一眼封面,说:"你一直都说这是一本多么好的书,那它有什么不好的地方吗?"

"没有!"我对她说,"那位女士说这本书教会了孩子们说谎、偷窃和欺骗,但事实上,书里根本没有提到这些。"不过,我想起来了,克劳迪娅确实在逃到博物馆这件事上撒了谎,杰米打牌会作弊应该算是欺骗。而且,当他们从喷泉池里捞走硬币的时候,你也可以认为他们是在偷窃。"好吧,就算他们是那种孩子。"我自言自语地说。

瑞贝卡听完,眼前一亮,说道:"太酷了,我能看看这本书吗?"

我大吃一惊。以前我谈论《天使雕像》的时候,瑞贝卡从来都提不起兴趣,今天怎么太阳打西边出来了。

"可以,"我抽出书签,把书递给她说,"记住,千万别把它弄丢了。"

瑞贝卡心满意地足接过去,迅速翻看着里面的插图。我一把夺回来,把书合上。

"不要提前看这些,你会糟蹋了这本书的。"我说。

这时,丹尼·珀塞尔走过来,斜靠在我们的椅背上问:"你们在讨论特雷妈妈禁止的那本书吗?"

瑞贝卡红着脸，就像站在我爸爸身旁的那些女士那样。她喜欢丹尼，只不过没说出来。有时，当我在班上和她说话的时候，她根本没听进去，因为她一直盯着丹尼看。我实在搞不明白，瑞贝卡到底喜欢他什么？丹尼人还算不错，而且擅长体育运动，但他真正关心的好像只有他的头发。丹尼留着一个像橄榄球头盔一样的发型，头发垂到眼睛上，就像纸杯蛋糕上覆盖的糖霜。他总是不停地用手梳理他的头发，确保它们转向正确的方向。

"我看到报纸上的书单了。"丹尼说。

"你也读报纸？"我这么想着，但我没说。

"我看了那个书单，发现里面有一本书我见过，但不是在学校。我仔细想了想，后来才想起来，原来那本书在我家的书架上，好像放那儿很久了。"

我立刻精神振奋，我问丹尼："是哪本书？"

丹尼头向后仰了一下，用手指梳了梳头发说："好像是关于一个女孩的书？我记不清了。但是封面是一个梳着胭脂鱼发型的女孩和魔鬼说话的图片。"

"胭脂鱼发型是什么样的？"我继续问。

"就是前面和两侧的头发短，后脑勺的头发长的那种。"发型专家丹尼解释道。

"但是,女孩子不梳胭脂鱼发型啊!"瑞贝卡说。

"这本书上就是这样的。"丹尼说。

我努力回忆书单上的书名:"那本书是不是《等到海伦来》?"

"就是这本!妈妈说,这是她小时候最喜欢的书。天哪,我希望她从来没有梳过胭脂鱼发型,真是有点儿丑。"

《等到海伦来》是书单上我没读过的书之一。

"能借我看看吗?"我问。

瑞贝卡和丹尼惊讶地看着我。

"嗯,当然可以,没问题。"丹尼说,"我明天带过来。"

瑞贝卡目光犀利地看着我,好像我也对丹尼感兴趣一样。

"我只想看这本书。"我对她说。

"我也想看!"瑞贝卡也对丹尼说。

我斜眼看着她。我好奇,她是真的想看这本书,还是因为丹尼才这么说?

丹尼耸了耸肩说:"好的,没问题,我明天带过来。"

"我看完你再看,"我对瑞贝卡说,"你可以先看《天使雕像》。"

"你们为什么那么在乎那些书?"丹尼问,"这些书真的很好看或者有什么好看的吗?"

"当然,"瑞贝卡告诉他,"要不然,为什么他们要下架这本书?"

几秒钟后,这一事实终于得到丹尼厚厚的头盔发型的认可。他点了点头说:"是的,是的,我敢说里面都是好东西。就像我父母锁住的那些电视频道一样。"

"等我看完了,你可以拿去看。"瑞贝卡说着,在丹尼的鼻子底下晃了晃手里的《天使雕像》。

现在轮到我目光犀利地盯着瑞贝卡了。谁告诉她可以把我的书借给别人的?

"好吧,酷。"丹尼说着坐回自己的座位。我朝瑞贝卡摊开双手表示疑问:"你在干什么?"但她只是红着脸。不管怎样,至少我敢肯定她真的会看这本书了。

汽车停在学校门口,我从过道上拽起自己的背包。这时,我看到有人坐在我们前面的座位上。是特雷!他一定是在我没注意的时候上的车。他上来多久啦?有没有听到我们讨论他妈妈和那些被她禁止借阅的书?他有没有听到我们互相借书的事情?

特雷合上画板，把它放进背包，从我身旁溜过去。路过的时候，他匆匆扫了我一眼，但一句话也没说。这是什么意思？他听到我们说的话了？他会向他妈妈告发我们吗？

丹尼推了我一把，于是，我跟着特雷下了车。我太蠢了。即便我们看的是特雷妈妈禁止图书馆上架的图书又怎么样？又不是图书馆的书，是我们自己的书。除了我们的父母，没人可以告诉我能读什么书，不能读什么书。琼斯夫人这么说的。

这让我想到了一个主意。

好主意

就像书中的主人公一样，我终于打算做点什么了。我打算读遍斯宾塞夫人和她的朋友们禁止图书馆上架的所有图书。

我在图书馆的报纸上找到了书单，正如丹尼所说的：

《上帝你在吗？是我，玛格丽特》朱迪·布鲁姆

《在黑暗中讲述的恐怖故事》艾尔文·施瓦茨

《玛蒂尔达》罗尔德·达尔

《小侦探哈里特》路易斯·菲茨格

《等到海伦来》玛丽·唐宁·汉恩

《这其实很正常》罗宾·H.哈里斯

《天使雕像》E.L.柯尼斯伯格

《朱妮·B.琼斯》系列 芭芭拉·帕克

《内裤超人》系列　戴夫·皮尔奇

《埃及游戏》吉尔法·齐特利·史奈德

《鸡皮疙瘩》系列　R.L.斯坦

这可不止斯宾塞夫人说的11本书。如果算上数不清的《鸡皮疙瘩》系列和一书架的《内裤超人》系列，以及《朱妮·B.琼斯》系列，数量远比她所抱怨的那11本要多得多。

算上我读过的几本《鸡皮疙瘩》和《朱妮·B.琼斯》，我已经读过书单上的5本书了。其他3本书分别是《玛蒂尔达》（棒极了！）、《小侦探哈里特》和《天使雕像》（内容超级棒！）。我从未听过《这其实很正常》和《埃及游戏》，《埃及游戏》听起来应该不错。我曾经在书架上看到过《在黑暗中讲述的恐怖故事》和《等到海伦来》，但我从来没有借阅过，因为它们都属于恐怖小说，我不太喜欢。但我肯定会看《等到海伦来》。我也从未看过《内裤超人》，我不太想看这套书，觉得它有点儿蠢，实在无书可看时我才会看它。

唯一有点儿让我担心的书是《上帝你在吗？是我，玛格丽特》。我当然知道这本书。它就放在朱迪·布鲁姆所写《四年级的无聊事》(很棒)和《超级骗子》(很棒)旁边的书架上。谢尔伯恩小学有六个年级,因此图书馆里有一些书是专供高年级孩子阅读的。《上帝你在吗?是我,玛格丽特》的封面上写着:适合六年级阅读。我还在学校洗手间里听到大一点儿的女孩子们低声讨论过,所以我总是远离这本书。但这次,我下定决心,但凡斯宾塞夫人说不能读的每一本书我都要读一遍,就是为了激怒她。我想,她永远都不会知道,我这么做并不是为了帮助琼斯夫人把这些书放回图书馆的书架,而是因为当我做一些大人不让做的事情时,我会有一种神秘的兴奋感。

那天下午,我清空了存钱罐(并不是像《天使雕像》的杰米那样打碎了存钱罐),然后数了数,一共是21美元76美分。这些钱至少可以买两本平装书。那天晚上,我问爸爸妈妈能否去趟书店,他们的反应正如我所期待的:

"你确定要花光你的钱吗?"爸爸问。

当你打算用自己的钱买东西的时候,为什么父母总是要这样问呢?!我知道他真正的意图。他的意思是:"我认为你不该这样花钱。"

"是的，我就是想花钱买这些书。"我这么想，也这么说了出来。

爸爸和妈妈又用眼神进行了一次无声的交流，然后爸爸叹了口气说，晚饭后他会带我去书店。

"我要去芭蕾舞商店买双新鞋。"阿丽克西斯说。

安吉丽娜也上蹿下跳地嚷着："我要去吃冻酸奶。"

"我要去趟办公室。"妈妈说，"如果我们现在就出发，正好来得及去吃玉米卷，还能办完这四件事儿。"

我的书店之旅一下子成了全家出行。还没来得及想好我不打算说出来的话，爸爸就从门边的大碗里拿起钥匙，狗狗们叫起来，抱怨我们又要出门了。

阿丽克西斯、安吉丽娜和我爬上汽车后排座。安吉丽娜的安全座椅安装在座位中间。我挤进座位一侧，把玩具和麦片推到地板上。车里散发着安吉丽娜一个月前弄洒的牛奶的馊味儿，还没离开小区，小捣蛋1号和2号就开始抱怨起来。

"阳光太晒了，"阿丽克西斯说，"热死了。"

"等我们离开办公室时，你可以坐到另一侧。"爸爸对她说。这意味着我必须坐在阳光晒着的那一侧，但没人在意。

"艾米·安妮挤我,"安吉丽娜抱怨道,"妈妈,艾米·安妮挤我。"

"艾米·安妮,请不要挤妹妹。"妈妈说。

"她的座椅占了后座一半的空间!我怎么可能碰不到她?"

"艾米·安妮。"妈妈又说道。

我双臂交叉,无精打采地靠着车门,尽量远离安吉丽娜公主和她的宝座。现在你明白为什么我什么都不想说了吧?反正也没人听。

"我们不会在书店待很久吧?"阿丽克西斯问。

"不会太久,不会的。"爸爸说,"如果我们要做完所有的事儿,还要赶在睡觉前回家的话,就不能在书店待太久。"

去书店是我们最初要出门的全部原因,现在我们却必须压缩时间,为了有时间去吃冻酸奶!我闭上眼睛,深呼吸。没关系!至少,我有足够的钱买那两本平装书了,而且我很清楚自己要买的书是什么。丹尼会把《等到海伦来》借给我,那么,我只需要买《埃及游戏》和《这其实很正常》。无论如何,我打算这天晚上把这两本书都读一遍。

不是小说

🚫 结果我发现《这其实很正常》不是小说。它是斯宾塞夫人说的一本关于"性"的非小说类书籍。

带图片的那种。

雪怪温迪戈

当我看到《这其实很正常》时，顿时尴尬得无地自容。我还特别让书店的人帮忙找这本书！我那会儿简直要死掉了。我一看到它，就迅速把它放回书架，然后跑掉了。我是说，书里面确实有我想知道的东西，我还和妈妈讨论过一些问题，但我不打算和家人一起在这里买这本书！

我买了《埃及游戏》（那是本小说）和《在黑暗中讲述的恐怖故事》（里面是一些短篇恐怖故事），并把它们通读了一遍。

哇！

《埃及游戏》真的太棒了。它讲述的是几个小孩对古老的埃及产生了浓厚兴趣，他们在一个废弃的古董店后院偷偷聚会，随后开始发生一系列神秘事件的故事，比如古埃及神秘刺客之类的。我猜这本书被禁的原因是有人不想他们的孩子们去崇拜古埃及的神秘事物，即便那是假的。故事里还有人袭击了主人公邻居家的孩子们，这有点儿吓人。但这本书写得真的很棒。

还有，我选择在黑漆漆的房间里，窝在床上读《在黑暗中讲述的恐怖故事》真是个错误。

哦，我的天啊！我现在还在颤抖。这本书里有一篇叫《红点》，讲述了一只蜘蛛爬到了一个女孩的脸上的故事。被蜘蛛爬到脸上就够倒霉的了，居然还被咬伤了，在她的脸上留下了一个红点。女孩的妈妈说，红点会消失的，但它没有消失。几天后，伤口裂开，从里面爬出来很多小蜘蛛！从她的脸上爬出来的！更糟糕的是，书里还有一些令人毛骨悚然的图片！看这本书的时候，我不得不把家里的狗也叫了过来，让它们陪我一起看，即便这样依然很恐怖。另一个故事名叫《远光灯》，说的是有个女人在晚上开车，她搞不明白为什么跟在她后面的一辆汽车总用远光灯闪她。原来后车的司机发现有个杀手偷偷溜进了她的车里。每次凶手站起来要攻击她的时候，后车司机就会打开远光灯阻止凶手！

"妈妈！艾米·安妮还开着灯，晃得我睡不着。"阿丽克西斯突然喊了一声，把我吓得跳起来。妈妈来到卧室门口，看起来很疲惫。"艾米·安妮，你知道我不介意你看书，但是阿丽克西斯需要睡觉，你也是。"

我点了点头，关上灯，把毯子拉起来盖在身上。我浑身上下剧烈地颤抖着，几乎握不住手电筒，但我还是想再读一个故事。我翻到一篇叫《雪怪温迪戈》的故事，里面讲述了一名男子和他的向导在加拿大一个荒无人烟的地方狩猎的故事。一天晚上，风开始呼唤向导的名字；接着，突然有什么东西从黑暗中俯冲下来，抓起他就飞了起来！向导尖叫着说他脚下着火了，然后就消失了。猎人逃开了，但后来当他坐在篝火旁，发现有个裹着毯子的陌生人坐在他旁边。猎人确信这个陌生人就是那天失踪的老向导。但猎人看不到他的脸，陌生人也不回答猎人的问题。于是，猎人决定摘掉陌生人的帽子，他看到帽子下面——

"妈妈！艾米·安妮还打着手电筒看书！"阿丽克西斯又叫起来，我尖叫着从毯子下面跳出来。阿丽克西斯被我吓得大声尖叫，大狗们也跟着疯狂地叫起来，仿佛邮递员突然出现在了房间里似的。妈妈闻声跑了过来。

"发生什么事儿了？"她问。

"没什么。"我嘟囔着，用胳膊搂着弗洛特和杰特。房间另一头，阿丽克西斯惊恐地看着我。

妈妈皱起眉头。"不管发生什么，我要熄灯了，你们都去睡觉。"

我点了点头，妈妈就离开了。我关掉手电筒，把那本《在黑暗中讲述的恐怖故事》塞到床垫下——这样我就看不到它了。最后，我安顿好弗洛特和杰特，把毯子盖在头上，但其实那天晚上我并没睡着。

或者，可能再也睡不着了。

我们自己的
小型读书俱乐部

星期一，丹尼·珀塞尔带来了《等到海伦来》，我当天晚上就读了一遍。这本书简直太棒了。它有点儿吓人，但又和《在黑暗中讲述的恐怖故事》不一样。书里的小女孩，就是封面上那个发型滑稽的女孩真是令人毛骨悚然！她讨厌自己的继弟和继妹，于是对他们说自己在墓地遇到了一个要追他们的鬼魂，以惩罚他们对自己的刻薄。

瑞贝卡看完了《天使雕像》（我认为，她喜欢这本书的主要原因是，书中的福兰克威乐夫人总是和她的律师谈话），她又看了丹尼的《等到海伦来》，丹尼也看了《天使雕像》。这样一来，就好像我们有了自己的读书俱乐部一样。

一天午饭后，瑞贝卡走到寄存柜那儿找我。"艾米·安妮！我在餐厅里到处找你，你刚才去哪儿了？"

"我来取图书馆通行证。"我对她说。尽管书架上没有了我最喜欢的那本书，但图书馆里还有很多我要读的书。

"哦，这下我明白了，"瑞贝卡假装生气地说，"书对你来说比最好的朋友重要。好吧，我也不需要你了，我有海伦了。她才是我唯一真正的朋友，虽然别人看不到她。你就等着海伦来吧，你会后悔的。"

我们一起哈哈大笑起来。

丹尼大步流星走到我们跟前，捋了一下眼前的头发。"嗨！在笑什么？"

我们两个笑得太厉害，几乎说不出话。

"等海伦来吧，"我尽量装出一副阴森恐怖的样子说，"你会后悔的！"

"是那本书里的吗？"丹尼说，"等我看完，你们再拿它开玩笑！我才刚读完《天使雕像》，接下来我想看《在黑暗中讲述的恐怖故事》那本书。"

我愣在那儿，睁大了眼睛摇着头。"我把它藏起来了。"我对他说。

"为什么？"丹尼说，"很吓人吗？"

我惨叫一声作为回答。

丹尼拉开我的柜门。"书在哪儿？我想看！"

书不在柜子里。它也不在我的床垫下面。因为只要它还在床垫下面，我就无法入睡。此刻，它被我藏在衣橱后面的一个旧运动包里，埋在一堆衣服下面。

我抓住柜门，把它关上，向他们解释为什么《在黑暗中讲述的恐怖故事》不在柜子里。就在这时，我发现了一张便笺。

我的寄存柜信箱里有一张便笺。

一张引人注意的便笺

我一开始并没注意到它，因为我之前从未收到过便笺留言。但我看到寄存柜的信箱里确实有一张白色折叠的东西。我一定站在那儿看了很久，因为瑞贝卡用手在我眼前晃了半天，以引起我的注意。

"嘿，说实话，艾米·安妮！你看起来就像看到了海伦的鬼魂。"

我指着便笺。"是你给我的吗？"我问。

瑞贝卡摇了摇头。"永远不要留下书面证据。"她提醒我。接着，她脑海里似乎涌现出了一个可怕的念头，她转向丹尼问："你没给她塞便笺吧？"

丹尼向后退了一步说："哇！给一个女孩留便笺？怎么可能。"

瑞贝卡松了口气。如果是丹尼给我留言，真不知道她会先把谁杀掉。

"还有谁会给我留便笺呢?"我问。

"这样吧,我知道如何找到留言的人,"丹尼说,"打开看看,打开不久就知道是谁了。"

我取出便笺,打开它。这是从活页笔记本上撕下来的一张纸,上面的字是用粉色笔写的,笔迹很幼稚。

AA——

丹尼说你有《埃及游戏》这本书。可以借我看看吗?

—— 乔安娜

"是乔安娜·帕克,"我说,"她想借《埃及游戏》。"

"哦,对。我和她说过你有这本书。"丹尼说。

我的心怦地跳了一下。乔安娜给我留言。乔安娜·帕克给我留言,还叫我AA。之前从来没有人叫过我AA。

我喜欢别人这样叫我。

乔安娜和瑞贝卡一样,也是总喜欢在丹尼周围晃悠的女孩之一。或许,乔安娜比丹尼还要喜欢他的头发。我很惊讶丹尼竟然和她说起《埃及游戏》,因为他只不过在公共汽车上听我和瑞贝卡说过。但我很开心有人想读这本书。我们不该把好书藏起来,而应该让尽可能多的人读到它。

我给乔安娜回了一张便条,在上课之前,把它塞进她的寄存柜里。

乔安娜——

当然可以,我明天带过来。

——AA

第二天午饭后,乔安娜来到我的寄存柜旁。我神神秘秘地把《埃及游戏》递给她,好像在演侦探电影。

"谢谢。"她说。不过,她仍然站在那里不走。

"不客气。"我说。

她还是没走。

"有事儿吗?"我问她。

乔安娜看了看四周,然后偷偷地说:"还有别的书吗?你看,我还想看几本。"

"哦,哦,是的!"我说,"我有《天使雕像》,还有《在黑暗中讲述的恐怖故事》,但是这本真的、真的很恐怖。

丹尼那里有《等到海伦来》,他可能已经告诉过你了。"

"哦,"乔安娜说,"就这些吗?"她看了看我的柜子,好像里面还有什么书。看得出来,她有点儿失望,瞬间我感觉让她高兴成了我在这个世界上唯一想做的事。因为她给我写了便条,还叫我AA。

"我现在只有这些,"我对她说,"但如果你还想读别的书,我也许能弄到,我正在存钱。"我在脑子里快速过了一遍书名。"是《上帝你在吗?是我,玛格丽特》?"

她摇了摇头,我也松了口气。我还是有点儿害怕那本书。

"是《小侦探哈里特》?"

她又摇了摇头。

"《鸡皮疙瘩》?"

不是。

"《朱妮·B.琼斯》?"

不是。

"《玛蒂尔达》?"

不是。

还有什么?那可能是《内裤超人》。还有一本……

哦——

哦。

她想读那本书。

瑞贝卡突然出现在我们面前,我和乔安娜一下子跳起来。"谢谢,再见。"乔安娜说着就匆匆走开了。

"怎么回事儿?"瑞贝卡奇怪地问。

"乔安娜向我借《埃及游戏》,但我认为她想读的是另外一本被禁止借阅的书。"

"哪本?"

我压低声音说:"是关于性的那本,《这其实很正常》。"我拽过一根辫子贴在嘴边,"但我不能买。"

"这本书在书单上?"瑞贝卡说,"你不用买,我有。"

我瞪大眼睛,她有?"在你家?"我问。

"是的,"她说,她看起来好像觉得没什么大不了的,"我妈妈给我的。我想,这样我就不会在某一天,因为她没有及时把我本该提前知道的事情告诉我而去起诉她。"

"你看过吗?"我小声问。

瑞贝卡斜靠着柜子,屏住呼吸,说:"一部分。"

我想问问是哪部分,上面怎么说的,但我有点儿尴尬。当沃恩先生叫我们回教室的时候,我跳了起来。

"你能带来吗?"我一边往教室跑,一边问。

瑞贝卡停下来。"好的。"她带着神秘的微笑回答。然后,推开门跑进教室。

算上瑞贝卡的书,还有丹尼的书和我的书,等到明天,斯宾塞夫人所禁止的那些书几乎有一半会出现在我的柜子里,而且这些书任何人都可以阅读,不仅仅是我。

我想到了一个更好的主意。

更好的主意

我清理好寄存柜里的架子，把我的《天使雕像》和《在黑暗中讲述的恐怖故事》、丹尼的《等到海伦来》、瑞贝卡的《这其实很正常》（这本我只看了一眼）放进去。乔安娜把她家里几本旧的《朱妮·B.琼斯》系列也拿给了我，丹尼还让他的好朋友帕克把手头的《鸡皮疙瘩》系列都捐献了出来。当乔安娜把《埃及游戏》还给我时，我的柜子里一共有14本书。

被斯宾塞夫人和她的朋友们禁止的这14本书，任何想读的学生都可以借阅。

寄存柜图书馆就这样开张了。

看起来还差4本就能凑齐所有禁书——但实际上，如果算上《鸡皮疙瘩》系列和《朱妮·B.琼斯》系列缺的几本书，以及《内裤超人》系列，其实差得还很多。

但我如果能再找到《小侦探哈里特》《玛蒂尔达》《上帝你在吗？是我，玛格丽特》和起码一本《内裤超人》，我就能凑齐斯宾塞夫人书单上所有的书了。

但是，斯宾塞夫人下架书单上的书还在增加。

放学后，当我像往常一样来到图书馆，想继续躲在我的老地方等末班车的时候，却看到斯宾塞夫人也在那里。她今天穿了一套粉色运动套装，这样穿搭的人真是绝无仅有。

她拿着另外一个书单。

"还有？"琼斯夫人问。她的脸色变得和她身上穿的那件橘白相间的波点连衣裙的颜色一样。"老实说，斯宾塞夫人。这些书你都读过吗？你读过其中任何一本吗？"

我假装对前台的杂志感兴趣，靠近她们，想听听她们说什么。

"我不用读，"斯宾塞夫人说，"我刚把这个问题提交给董事会，就有一些家长把这些拿到我面前。我去网上查了一下书评，我认为这些书不适合小学图书馆。"

"你认为，"琼斯夫人说，"真想不到你获得过图书馆和信息管理学专业的学位。"

斯宾塞夫人站得更直了。虽然这站姿让她变高了一英寸,但仍然比琼斯夫人矮一截。"我没必要用一个花哨的图书馆学位来判断什么对孩子们有益,什么对孩子们有害。"

"明白了,"琼斯夫人说,"我去给你拿《复议申请表》。"

"不必了,"斯宾塞夫人说,"我已经和学校董事会成员谈过了,他们已经同意把这些书从谢尔伯恩小学图书馆下架。"

"好吧,"琼斯夫人说,"尽管如此,在我收到董事会正式通知之前,这些书仍然要摆放在书架上。"说着,她把书单还给斯宾塞夫人。

"明白了。"斯宾塞夫人说。她看了一眼书单,又甜甜地笑说:"你看,走之前,我想帮特雷借几本书。"

琼斯夫人笑着说:"有什么需要帮忙的?"

"不用,谢谢,"斯宾塞夫人举着书单说,"我有这个。"

我知道斯宾塞夫人要干什么。琼斯夫人也知道。斯宾塞夫人打算把单子上的书都找出来借走,这样其他人就借不到了,可以从容等待学校董事会通知琼斯夫人将它们下架。琼斯夫人对此无能为力。接下来的15分钟,斯宾塞夫人马不停蹄地浏览着书架,把书单上的书一本一本挑出来。我不能一直盯着她看。但我也无法躲到我最喜欢的老地方。

因为特雷坐在那里,一直在笔记本上画画。

我突然停住脚步,就像我在《天使雕像》里看到福兰克威乐夫人失踪的时候一样震惊。我感到热血上涌。先是特雷的妈妈禁止图书馆借阅我最喜欢的书,现在又是特雷坐在属于我的座位上。我一直无法原谅他在三年级时对我做过的一切。我握紧拳头,但在他抬头看到我之前,我还是从一排书架旁溜走了。

斯宾塞夫人抱着一大摞书走到前台。琼斯夫人别无选择,只好以特雷的名义办理借阅手续。

"特雷,该走了。"斯宾塞夫人说。特雷收拾好东西,离开了我的座位。去往前台的路上,特雷瞥了我一眼,发现我在一大盆绿植后面看着他。我朝他吐了吐舌头,但他什么也没说,只是笑笑。

"可恶的女人,"他们走后,琼斯夫人愤愤不平地说,"一切都源于她不喜欢特雷借的那本《内裤超人》。"她叹了口气,不过她看起来想到了一个好主意。她自顾自笑着走进后面那间用窗户隔开的办公室,打开了电脑。

趁琼斯夫人不注意，我一把抓起斯宾塞夫人留在电脑旁的书单，冲出了图书馆。我需要它。

斯宾塞夫人每从学校图书馆拿走一本书，我就要把这本书添加到我的秘密寄存柜图书馆里。

暴力罪犯

几天后,一个三年级的学生来到我的寄存柜旁。他身穿一件褐色翻领风衣,戴着墨镜,棕色的头发看起来像好几天没梳过一样。

"嘘,嘘,"他说,"你是艾米·安妮·奥林格吗?"

"是啊,你是谁?"

"威比,"他说,"尼克利·威比。"他靠近了些,"在午夜中吠叫的红狗。"他轻声说。

"什么?"

他皱着眉重复着:"这是暗号,侦探暗号。"

"哦,如果一个暗号只有单方面知道,可算不上一个好暗号。"我想着,但我没说出来。

男孩叹着气说:"我在找一本书,一本神秘的书,一本侦探小说。"

"你是说《小侦探哈里特》?"

"嘘!"他说。他环顾四周,好像到处都是侦探。

"借出去了。"我告诉他。

我打开 B.B.L.L.（the Banned Books Locker Library,被禁图书寄存柜图书馆）给他看。里面只剩下 6 本书,其他全都借出去了。这些天我根据斯宾塞夫人的下架书单添置了 12 本书。这些书大部分都是在丹尼的帮助下凑齐的。他交际很广,认识各色各样的人,他们把家里的书都无偿捐献给了我们这个小图书馆。

"我把你记在名单上。"我对尼克利说。随后,我拿出帮大家登记预留图书的剪贴板,把他的名字记上去。每当有人归还一本书时,我就会翻阅一下名单,找到下一个要借这本书的人,然后在他们的寄存柜信箱里留一张便条,通知他们可以来取书。我的寄存柜信箱里有 3 张便条,分别是我们班的 3 个人的,他们都想借同一本书。

最近,我的寄存柜信箱使用率相当高。

"你应该准备一个清单,"尼克利说,"列上所有书的名字。这样,人们就知道可以借到哪本书。"

"然后呢?把它写到牌子上,挂在柜子外,告诉大家：'我这里有禁止借阅的书，我把它们藏在柜子里了？'"我想这么说。

不过，我没那么说，我说了句："我考虑一下吧。"

尼克利从口袋里掏出一支钢笔，像对着一个麦克风似的说："任务完成。重复一遍：任务完成。乌克兰情报局的包裹不在寄存柜里。重复：不在寄存柜里。"

我关上柜门，看到有人在走廊远处的寄存柜那边看着我。

是特雷。

真的到处都是侦探！

"嗨，我又拿到一本新书。"我吓一大跳，回头一看是丹尼。尼克利刚走开，丹尼就站到他刚才的位置。他一只手把头发捋到舒服的角度，另一只手递给我一本破旧的平装本《亲爱的哥哥山姆》。

我尖叫一声，把书塞到衬衫下面。然后，扫了一眼走廊。特雷已经走了。他看到丹尼给我书了吗？如果看到了，他要做的第一件事恐怕就是跑去告诉他妈妈。我一边想一边顺手拿起一条辫子塞进嘴里吮起来。

"抱歉，"丹尼说，"我以为你会很兴奋。"

"我很兴奋。是的，对不起。"我对他说。我把书掏出来，迅速塞进寄存柜。这是斯宾塞夫人新书单里的一本书，我之前一直没有。

"这是嘉威的哥哥的书，"丹尼说，"他觉得还可能找到《通往特雷比西亚的桥》。周末他会再找找看，我会告诉你有没有。"

我不明白丹尼为什么那么热衷于找书单上的书，他并不像我那样喜欢读书。但无论如何，我还是很感谢他把那些书送到我的寄存柜。这时，上课时间到了。

"你看过《歪歪路小学》系列吗？"我问他，"我想你会喜欢的。它们真的很有趣。"

丹尼捋了捋头发。"酷，我不知道你有这套书。放学后，我去拿一本。"我们回到沃恩先生的课堂，丹尼跟着我来到我的书桌旁。瑞贝卡已经在我旁边坐好。

"嘿，你已经有那么多书了，现在你需要一个书单，"丹尼小声说，"你看，要让大家知道你的B.B.L.L.里都有什么。"

"知道了知道了，"我对他说，"尼克利也这么说。"

"你说得对。然后，她该怎么做，把书单贴在柜门上？"瑞贝卡说，"她会被抓去吃官司的。"

我感到脚下的流沙再次涌动起来。"吃官司？"我问。

"是啊。那些被你带坏的孩子们的父母会来找你的。你觉得他们为什么要下架那些书?因为那些父母认为这些书会腐蚀我们的大脑,把我们变成暴力罪犯。"

丹尼又拨动了一下头发。"我不理解你们说的,但自从我看了《等到海伦来》,我就一直觉得撒旦很厉害。他有很多不错的想法。"

"别开玩笑了!这可是件严肃的事情,"我说,"真的吗,瑞贝卡?"

"哎哟,得了吧,"丹尼说,"没人会起诉你的。或许会停课,但不至于起诉。"

"肯定要停课。"瑞贝卡说。

脚下的流沙此刻化成水,我觉得自己沉入了深深的水底,我的桌子和我的一切都随着我沉了下去。

少年犯

整节数学课上，我都吮吸着辫子，想象着如果寄存柜里的书被发现，会发生什么可怕的事情。谢尔伯恩小学的家长们会排队起诉我。我的爸爸会失去工作，我妈妈会失业，我们不得不卖掉房子，搬到另一个城市。

或许，一切不会那么糟糕吧。

我知道，我有点儿反应过度了。我所做的一切并不违法。学校董事会只是说琼斯夫人不能把这些书借给我们，但他们没说我不能借书给别人。

我还是想把书借给大家，但我不想被抓到。

我该怎么做才能让大家知道我手里都有什么书呢？如果我找不到一个好方法，其他孩子就不会知道他们可以借到什么书，也就没人有机会看这些书。这样一来,一切都是徒劳。

很快,我就想到了一个办法。为什么不把书单贴在柜子上呢?我压根儿什么都不用说!在语言艺术课上,我用电脑打印了一张书单,在放学后把它贴在柜门上。书单顶端是一行大写的字母:谢尔伯恩小学禁止借阅的图书,下面是斯宾塞夫人和其他家长要求下架的所有图书的清单,我还在B.B.L.L.已有的图书旁边用绿色的记号笔点了个小绿点作为记号。此后等大家都知道了这个暗号,我只要在新增的图书旁边也点上一个绿点就行了。不错的主意!

我又看了一遍书单,意识到还要增加很多书;不过,丹尼已经山穷水尽了。接下来我得自己攒钱买书了。

"义卖。"瑞贝卡说。

"当然!"我说。义卖!每当我们要集资为非洲挖井或者在飓风过后支援红十字会的时候,学校都会举办义卖活动!我要做的就是告诉爸爸学校会有一场义卖活动,然后爸爸甚至问都不问,就会去甜品店买一份什锦巧克力饼。瑞贝卡的妈妈也是如此。

我和瑞贝卡把巧克力饼和饼干用塑料包装包裹好,把它们放在餐厅桌上的一个篮筐里,开始了我们的淘金之旅。第一天,我们赚了7.5美元。我正在数硬币时,瑞贝卡轻轻推了我一下。

"干什么?"我说。

瑞贝卡又使劲推了我一下。

"干什么?"我边说边抬头一看,香蕉校长正朝我们这边走过来。

她当然不是真的叫香蕉校长,她的名字是巴纳泽沃斯基。因为低年级的孩子们总是很难正确拼出她的名字,所以她就让孩子们叫她香蕉校长。不过到了四年级,我们就要叫她巴纳泽沃斯基校长了。

巴纳泽沃斯基校长让我想起一部悬疑电视剧里的警探。她身穿灰色套装,脚蹬黑色皮鞋,腰间总是挂着个对讲机,衣服上别着一个类似徽章的塑料夹子,里面插着学校工作证。每次看到她,我都觉得她随时会大喊:"别动,小混混!你被捕了!"

不过,她走过来看了看我们的甜点,问:"看起来不错啊,女士们。你们这是准备做什么?"

"什么意思?"我问道。

"你们在为什么筹款?"校长解释道。

这时,她的对讲机吱吱响起来,校长看都没看就把声音关掉。

我把辫子拉过来，塞进嘴里。

"呃……"我哼唧着说。我看了看瑞贝卡，她睁大眼睛，对我摇了摇头。

"我们，呃……"我结结巴巴地继续说。我们不能告诉她义卖是为什么。我需要编个瞎话！上次义卖是为什么来着？我想不起来了。巴纳泽沃斯基警探盯着我，我什么都想不起来了！

"我们正在为……一些书筹款。"我说。

"书？"巴纳泽沃斯基校长说。

瑞贝卡目瞪口呆地看着我。

"一些……为囚犯的书！"我说，"给囚犯看的书。在监狱看的书。"

瑞贝卡闭上眼睛。我猜她一定是在祷告。

"给囚犯看的书？"巴纳泽沃斯基校长不解地说。

"儿童囚犯，被关进监狱的那些和我们年纪差不多的孩子。"

瑞贝卡在桌子底下使劲用拳头捶我的腿。

"你是说，少年犯？"巴纳泽沃斯基校长说。

"对，"我说，"少年犯。我们在为少年犯筹款。"

这理由听起来好极了。

"哦,你们真了不起,"巴纳泽沃斯基校长说,"我买两块饼干。"说着,她掏出一美元。我赶紧踢了瑞贝卡一脚,让她赶紧睁开眼睛收钱。

巴纳泽沃斯基校长刚走,瑞贝卡就开始埋怨我。

"给监狱里的少年犯读的书?"她说。

"要不,我该说什么?"我答道。

"我们为无家可归的流浪汉筹款,或者为动物收容所,或者食物救济处。"

"她问的时候,我怎么就想不到这些呢?"我说。

"好吧,我还以为你会想到别的东西呢。你知道的,我们筹款的目的是什么。"瑞贝卡说。

"哦,是吗?"我说,"那么,你就等着海伦来吧,然后你就会后悔找我的麻烦!"

说完,我们两个放声大笑起来。

"对不起,行了吧?"我说,"每次我看到香蕉校长,我都会想到警察。这令我感到不安。"

"好吧,至少你没有骗她,"瑞贝卡说,"我们正在为我们这些'少年犯'筹款买书。"

海伦来了

后来又召开了一次学校董事会会议。我没有参加，但我知道发生了什么事儿。琼斯夫人再次据理力争，表示董事会不应该禁止那些图书，但董事会仍然支持斯宾塞夫人的提议。她的第二张书单上的图书也被正式下架。

此后的第二天，在社会研究课上，沃恩先生说他即将带我们学习《权利法案》。

开国元勋们起草宪法的初衷是为了说明美国政府将如何运作，但是他们意识到需要补充一些内容，阐明美国人民天生享有的、政府无权剥夺的自由和权利。为此他们先后为宪法增加了十项修正案，这十项修正案被统称为《权利法案》。

沃恩先生说："宪法之所以重要，是因为它告诉全世界我们的政府如何运作。而《权利法案》或许比宪法还重要,因为它说明了我们的新国家将会是什么样。它提道,'我们认为这些权利非常重要,任何人不得剥夺这些权利,甚至连政府也不能'。我们后来又为宪法增加了一些修正案,但前十条修正案最为著名。它是世界上第一个此类文献。"

"关于这一单元,我会把你们分成两人一组,"沃恩先生对我们说,"每个小组研究不同的修正案。你们的作业就是在班级做演示,解释说明各自修正案的含义。如何做?什么风格?你们自己决定。"

瑞贝卡急忙举起手说:"沃恩先生!我可以选第六修正案吗?求您了。"

"嗯,当然可以,瑞贝卡。"沃恩先生边说边擦掉笔记上的一些东西,然后又写了些新东西。

我看着疯了似的瑞贝卡。

"第六修正案是关于被告有权获得陪审团审判,以及请律师为自己辩护的权利。"她向我解释着。

"那么……还有其他人有自己喜欢的修正案吗?"沃恩先生问道。

不出意外,没人吱声。

"好吧,"沃恩先生说,"乔娜,你和翠希负责第五修正案。凯文,你和丹尼做第二修正案……"

当沃恩先生给我安排任务时,我正好走神儿了。这几天我和瑞贝卡又通过义卖赚了7美元,我正想着是买《如何吃炸毛毛虫》,还是买安妮·弗兰克的《安妮日记》。这真的很难抉择。

"艾米·安妮?"沃恩先生喊道,"你在听课吗?"

"抱歉。"我说。在我身边,我能感受到瑞贝卡的眼睛在盯着我,但此时我只能先集中注意力应付沃恩先生。

"我是说我要安排你和特雷做第一修正案。可以吗?"

可以吗?我和我的头号大敌的儿子一起做社会研究项目,可以吗?我只要一不小心说漏嘴,提到B.B.L.L.,下一秒就会出卖我的那个男孩?不,绝对不行。

但我却说:"好吧。"

"好了。每个人都有合作伙伴了,接下来大家就开始研究各自的修正案吧。"沃恩先生说,"我会随时巡视,为你们提供一些帮助。"

同学们纷纷站起来,把桌子和合作伙伴拼到一起。

我坐在原地没动，特雷拖着桌子穿过教室，推到我旁边。桌子砰的一声停在我的书桌旁，把我放在笔槽里的铅笔都震得弹了出来。

特雷低着头盯着他手里合上的笔记本。我抱着手，低头盯着我的课本。

"你不太喜欢我，是吗？"特雷问。

我想笑。"不太喜欢你？"我想说，"哦，为什么会这样，特雷？或许是因为除了你的妈妈下架了我喜欢的图书之外，还有你去年画的一幅关于我的可怕的画。"

特雷喜欢画画，也确实擅长画画。我讨厌承认这一点，但他画得确实很不错。不过也正是因为他擅长画画，去年在梅普尔斯夫人的课堂上，他决定把我们每个人画成动物。梅普尔斯夫人是一棵聪明的老枫树。肯尼·哈斯金斯擅长踢足球，特雷就把他画成一只猎豹。拉维娜·马多克斯长大了想当歌唱家，特雷就把她画成一只鸣禽。丹尼尔·弗里德喜欢忍者神龟，特雷就把他画成神龟。每个人都喜欢特雷给他们画的画。

除了我。

特雷画的艾米·安妮·奥林格是一只坐在书上啃着尾巴的老鼠。他不但没把我画成猎豹，或者忍者神龟，或者鸣禽,还把我画成一只懦弱的小老鼠!

特雷低头看着我,我意识到我很久没说话了。

"听着,艾米·安妮——"最后,他说。

突然,教室里的对讲设备噼里啪啦响起来,我们两个都吓了一跳。

"沃恩先生?"秘书说,"很抱歉打扰您。但能不能让杰弗里·冈萨雷斯和艾米·安妮·奥林格到办公室来一下?"

"哦!"同学们嘘声一片。每次班里有人被叫到办公室的时候,大家都会发出这样的声音,就好像你遇到了大麻烦。即便你只是预约了看牙,大家也是如此。但这次不同,他们可能猜对了。班级里一半孩子的目光投向我,我知道是为什么。他们都知道我在运营B.B.L.L.,他们的想法和我完全一致:

艾米·安妮被捕了。

"我这就让他们过去,帕瑞夫人。"沃恩先生说着,示意我们抓紧时间过去。

我站起来,感觉双腿就像果冻。教室另一边,丹尼和瑞贝卡的脸色就像在池塘边看到了海伦的鬼魂。我甚至不知道自己应该如何稳稳当当地走到门口。

我扶着特雷的桌子,尽力让自己站稳,他也抬起头看着我。

"希望你没事儿。"他说。

香蕉房间

🚫 希望你没事儿。

特雷这个告密的卑鄙小人!他早就知道我会有麻烦,因为就是他出卖了我!希望你没事儿。哈,真可笑,特雷。

我正好去他希望我去的地方,我和杰弗里·冈萨雷斯正走向死亡之路——校长办公室。我吸着辫子。越想越生气。

"我的柜子里放了一摞禁书又怎么样?我没有违反任何规定,特雷!"我本应该对他这么说,"即便你妈妈让这些书从图书馆下架了,也并不意味着我必须把它们从我的寄存柜里拿走!"

"我没做什么错事儿。"杰弗里嘟囔着。他竟然说出了我的想法,把我吓了一跳。他显然认为自己惹大麻烦了,我也不知道为什么他会被叫去办公室。杰弗里是个身材矮小,浑身上下圆滚滚的墨西哥裔小孩,留着一个又短又尖的发型,戴着一副哈利·波特眼镜。他和我一样安静,但是他安静是因为他的脑子总是跑到其他某个地方。唯一能让他真正开口说话的时候,是在你问他最喜欢的科幻电影时。上二年级时,丽娜·哈维叫他太空实习生。从那以后,这个绰号一直沿用至今。

"我不可能做什么错事儿,"杰弗里重复着说,"至少,我不这么认为。你怎么了?"

我猜不是每个人都知道我的寄存柜图书馆。如果杰弗里知道,他就会精确地知道为什么我会被叫到校长办公室。我们一同拐过四年级的走廊,还差几步就到校长办公室了。一看到办公室,我的全部怒火烟消云散。瑞贝卡的话还萦绕在我的耳边:"肯定要停课。"

我不想停课!我不应该停课。自从我来到谢尔伯恩小学上学,还从没听说哪个学生被停过课。停课只会发生在那些真正的坏孩子身上,那些给学校带来大麻烦的孩子身上,那些在长大后会把狗拴在前院并从车窗往外扔垃圾的孩子们身上。

我和杰弗里向校长办公室走去。这时,秘书帕瑞夫人告诉杰弗里，校长请他先进去，并让我坐下来等一会儿。杰弗里咽了下口水，眼神示意让我祝他"好运"后就进了校长办公室，身后的门也跟着关上了。

我坐在巴纳泽沃斯基警探办公室外的椅子上，就像一个罪犯在等着进审讯室。但我不是罪犯！我从来不惹麻烦。我什么也没做。

但那不是真的，对吗？我来到这里是因为我做了些事情。出于某种原因，我决定尽可能多地搜集斯宾塞夫人禁止的那些图书，还想尽我所能把这些书借给学校的孩子们阅读。我为什么这么做？我为什么这么在意这件事？无论如何，这和斯宾塞夫人禁止这些书有什么关系？我父母会给我买任何我想看的书。我吮吸着辫子，想知道我到底会有什么麻烦。这就是为什么我一直保持沉默，从来不做任何事的原因。想到什么就说什么，想到什么就做什么的人会惹麻烦的。

巴纳泽沃斯基校长的门打开了，杰弗里和校长走了出来。他看起来有些惊慌失措，好像有人告诉他，根本就没有外星人似的。

"我相信你的外祖母是个很优秀的人，杰弗里。"校长说，"我知道你会非常想念她。去吧，收拾一下东西，等父母来接你。"

杰弗里点了点头，有点儿勉强，他甚至看都没看我一眼就自顾自走了。

"奥林格小姐？"巴纳泽沃斯基校长示意我和她一起进她的办公室。

毫无疑问，为什么把我叫到校长办公室已经很清楚了。除非你惹了大麻烦，否则，成年人一般是不会直呼你的姓氏的。

我走进巴纳泽沃斯基校长办公室。在此之前，我从未来过这里。这是一个正方形的小房间，四周是白色的水泥砖墙，没有窗户。我以为审讯室里或许有一面大镜子，镜子对面的人透过镜子能够看到一切。然而，办公室的墙上却只挂着镶框的各种荣誉证书和写着她名字的牌匾，还有她家人的照片，以及香蕉。

很多很多的香蕉。

到处都是香蕉。香蕉画，有胳膊、腿和脸的香蕉，香蕉猴子、香蕉帽子、香蕉拖鞋、"香蕉共和国"的广告，还有一个从超市的香蕉上收集来的蓝色标签合集——基本所有东西上，都有香蕉的字样或图案。我猜低年级的孩子一直都在送她香蕉类的东西。

巴纳泽沃斯基校长让我坐下后,她自己也坐在一张满是香蕉饰品的桌子后面。"奥林格小姐,我们得谈谈你的寄存柜。"她说。

"对不起,很抱歉!我不是故意做坏事儿。我只是讨厌斯宾塞夫人下架了那么多我喜欢的图书。我最初只是想看看那些书到底是怎么回事,后来才开始收集那些书,因为其他的同学也想看这些书。这和他们没关系,是我的错!我发誓,我会把它们带回家,再也不会带任何一本书到学校来。不要让我停课!"

这就是我想说的。但我当时真的太害怕了,我只问了一句:"我的寄存柜?"

巴纳泽沃斯基校长向前倾了一下身子,说:"是的。尤其是你贴在柜门上的那张纸。"

我眨了眨眼睛:"那张纸?"

"对,上面写着:谢尔伯恩小学禁止借阅的书。"

我挂在寄存柜门上的禁书书单吗?她为什么说那张纸?柜子里的书才应该是重点。我有点儿糊涂了。她想说的就是柜门上的书单吗?或者巴纳泽沃斯基夫人知道我把书单贴在柜门上的原因?我盯着她桌子上那个戴着太阳镜微笑的香蕉,希望她不知道柜子里还有一堆禁书。

"首先，"巴纳泽沃斯基校长说，"我不喜欢'禁止'这个词。那些书不是被禁止进入图书馆，只是从我们的图书馆里下架了。"

"有什么区别吗？"我问。

说完，我立刻用手捂住嘴。是我说出来的话吗？我怎么想的？

巴纳泽沃斯基校长带着那种"你什么都不懂"的语气——一种成年人不喜欢被提问的语气，说道："区别吗？是这样的情况吗，那些书是被随便禁止的吗？你知道'随便'意味着什么吗？"

"没有合理的理由？"

"某种程度上，是的。'随便'还意味着仅仅基于一个人的意见，而不是大家的意见。在这种情况下，这些书并不是随便被下架的。因为，不止一个人认为这些书不适合你们阅读。事实上，这是学校董事会集体表决通过的。所以，它们才会被下架。"

"但这就是斯宾塞夫人一个人的意见，"我想说，"她不喜欢一本书，就让董事会禁止它。然后，她帮助其他不喜欢一些书的人做同样的事情，但可能除了这些人以外,有更多的人喜欢这些书。或者,他们根本不在意这件事。"

但我什么也没说。脱口而出提出反对意见是一回事,和校长争论又是另一回事。尽管如此,我还是看不出"禁止"和"下架"有什么区别。无论用哪个词,对孩子们来说结果都是一样的。

我想起了自己开办B.B.L.L.的初衷。"好书不应该被藏起来,应该让尽可能多的人阅读。"但事实并非如此。不应该藏起来的不仅仅是好书,而是所有的书,任何书。不管这些书是关于什么的,也不管我喜不喜欢,或者斯宾塞夫人喜不喜欢,或者学校董事会喜不喜欢。

我很幸运。如果我想买什么书,我的父母都会给我买。但不是每个人的父母都会这样做,也不是每个人的父母都能做到。这就是图书馆存在的意义:确保每个人都能读到想读的书。这就是我创办寄存柜图书馆的初衷,也是我在努力搜集斯宾塞夫人禁止的每一本书的初衷。哪怕是我并不喜欢的《内裤超人》系列。

"我觉得没什么区别。"我脱口而出。虽然说话的时候,我有些颤抖,但我依旧继续说,"禁止和下架是一样的。不管用哪个词，人们都无法读到这些书了。这才是主要问题。"

巴纳泽沃斯基校长深深地吸了口气。"不管怎样，"她说，"学校董事会是我们最终的权威机构，他们已经做出了决定，这些书已经下架。没有理由把这件事拿出来宣传。"

"如果这没什么错，为什么你们那么在意别人知道呢？"我想问问她，但我没有说。我说得够多了。但同时我也意识到我可以问自己同样的问题。如果B.B.L.L.图书馆没什么错，为什么我还要保密呢？我涨红了脸，对我的B.B.L.L.图书馆深感内疚。

"所以，"巴纳泽沃斯基校长说，"你要在学期末把柜门上的书单取下来。"

没问题。

B.B.L.L.
股份有限公司

学期末,我把书单从柜子上摘了下来。

在原来的地方挂上一张用施工图纸做的指示牌,上面写着:#1!加油,雄鹰!

鹰是谢尔伯恩小学的吉祥物。

巴纳泽沃斯基校长看到这个指示牌会很开心的。她喜欢校园精神,但她不会高兴看到牌子的背面。在那里,我贴上了禁书书单。如果你把"#1!加油,雄鹰!"牌子翻过去,书单就藏在那里。

毕竟,我还要想办法让大家知道我有什么书。

无论如何,我希望B.B.L.L.有更多的书。我希望拿到斯宾塞夫人禁止的全部图书。我希望我的柜子里有堆积如山的书。我还希望每个人都能阅读这些书。

瑞贝卡建议,要想做到这一切,我们需要成立一家公司。

"我特此宣布召开B.B.L.L.公司董事会第一次会议。"瑞贝卡正式宣布。尽管只有我和丹尼坐在餐厅桌子的尽头。瑞贝卡拿着一本超长的便笺本做记录,之所以用这个便笺本是因为它被称为"合法的便笺簿"。"出席会议的有:瑞贝卡·齐默尔曼、丹尼·珀塞尔、艾米·安妮·奥林格。"她写道。

我喜欢自己被放在名单的最后一位,尽管我是B.B.L.L.公司的创始人。

"我们真的要这么做吗?"我问。

"如果我们想让公司得以发展,我们就得这样做,"瑞贝卡说,"首先,我们需要进行选举。我提名自己做首席财务官以及法律顾问。"

我和丹尼看着她。

丹尼耸耸肩说:"好吧。"

"如果你赞成,你应该说,'附议'。"瑞贝卡说。

"附议。"我和丹尼异口同声地说。

瑞贝卡气哼哼地说:"你们不应该一起说。只能每个人单独说。然后我问:'你们赞成吗?'"

丹尼和我互相看了一眼。

"我？"丹尼说。

"你应该说'是的（aye）'。"瑞贝卡说。

"是眼睛（eye）的 eye？"丹尼指着他的眼睛说，但愿他的头发没遮住它们。

"aye 就是 A-Y-E，"瑞贝卡说，"它的意思是'是的'。"

"那我们为什么不说 yes 呢？"我问。

瑞贝卡看起来要气炸了，丹尼跳起来赶紧说："就 aye 好了，是的（aye）。"

瑞贝卡看了看我。

"干吗？"我问。

"那么，你不打算投票吗？"

"我以为我们只要一个人投票就够了！"

"那是在问'赞成'或者'附议'的时候！"瑞贝卡说。"当我说'是否全体赞成'时，每人都要表明自己是'赞成'还是'反对'。"

"我们能否跳过这一环节？"我问，"你负责管钱。"

瑞贝卡顿时垂头丧气，我也感觉糟透了。我知道她想扮演律师的角色，但如果她继续这样下去，我们将无所事事地浪费掉午餐后全部剩余时间。

丹尼捋了一下头发，问："那我做什么？"

"你负责采购，"瑞贝卡说，"就是说你来负责搜集那些我们买不起的书。"

"不错啊，"丹尼说，"我已经有些想法了。到目前为止，我只问过四年级的学生和他们的兄弟姐妹。但我认识一些三年级和五年级的孩子。如果我用'采购'这个词，我敢打赌能找到更多的书。"

"可别总是把这个词挂在嘴边。"我说。我已经把我和香蕉校长的会谈告诉他们了。我之所以还能活着和呼吸就是因为她还没发现我的寄存柜图书馆。

"你希望大家借阅图书，对吧？"丹尼问。

"当然。只不过走廊里不能挂上B.B.L.L.的指示牌。"

瑞贝卡写完丹尼的头衔，说道："好吧，现在就剩艾米·安妮了。"

"她什么头衔？"丹尼问。

"总裁和首席图书管理员。"瑞贝卡说。

"总裁和首席图书管理员！我喜欢。尽管我们一直称这个寄存柜图书馆为'图书馆'，但我从没想过成为一名图书管理员。我只不过是寄存柜的主人。对于图书管理员我一无所知，我只看到过琼斯夫人所做的工作。"于是,我就把想法说出来了。

"好吧,你必须学习如何做,"瑞贝卡说,"首先,你要弄清楚的是如何记录大家借书借了多久了。"

丹尼把手指插进头发里,郁闷地说:"是啊!我一直等着看谢尔·希尔弗斯坦的书,但T.J.一直拿着这本书不还。"

"我不希望有罚款或类似的规定出现。"我说。

"好吧,但你需要考虑一下,至少要有个到期日。否则,有些书永远拿不回来。"

瑞贝卡和丹尼继续讨论更多关于义卖的事情,以及他可能拿到的一些书。而我仍然在思考如何找到一个更好的登记方法,便于记录谁借走了哪本书,借了多长时间。寄存柜里的剪贴板上的书单页数在逐渐增加,每次有人还回一本书,我都要重新浏览一遍,找出下一个要借这本书的人。正如我的外祖母常说的那样,B.B.L.L.图书馆正变得过分"自大"。我需要一个更好的管理系统,我知道只有一个人可以咨询。

交易工具

🚫 放学后,在去我的老地方看书前,我在图书馆的前台停下脚步。我看到一个二年级的学生借了一摞书。琼斯夫人用扫码枪扫描书背面的小条形码,电脑会自动记录下学生要借的是哪本书以及需要在什么时候归还。这对我来说没什么帮助。我没有电脑,也没有扫码枪或者那种可以记录一切信息的电子程序。

琼斯夫人注意到我在看她,问道:"想当图书管理员吗,艾米·安妮?"

我被吓了一跳。人们总是能读懂我的心思!"什么?哦,不!我只是对这些操作感兴趣。比如你怎么登记哪本书被借出去了。"

琼斯夫人把男孩借阅的图书放在一台沉重的机器上过了一下,这样这些书就可以安全地通过图书馆门口的探测器,而不会触动警报装置。"一切都是自动化。"琼斯夫人说,"当然要比过去少了好多麻烦。"

"过去是什么样啊?"我问。

"我想想。"琼斯夫人说着,翻了一下平装书的旋转书架。"把那本《黑鸟水塘的女巫》递给我。"这是一本老旧的图书,封面贴着透明胶带。琼斯夫人把书的背面翻过来。

"哈,我想它可能还在那里呢!当然,我们现在实现了数字化,但我还没来得及把这些东西从旧书里取出来。"说着,她把书翻过来给我看。

在封底处,有一个小小的牛皮纸信封,里面放着一张小卡片。琼斯夫人把卡片取出来。

"这是一张书袋卡,"她解释道,"过去,借出图书时我们必须把每本书后的卡片取出来,盖上借书日期的章,然后由借书人在上面签上自己的名字。"

当然!我以前在借来的书后面看到过这种卡片,但从来没注意过。卡片的顶端写着书名和作者名,下面有两栏:一栏是日期,另一栏是借书人的名字。这本书上的日期是从20世纪80年代开始记录的。上面的借书人现在应该已经成年了。

"他们把书借走,我们保存卡片,"琼斯夫人说,"我们按日期整理卡片,然后每天检查有哪些书该到期了。"

"借书人怎么知道书什么时候到期呢?"我问。

"哦,我们会在粘在书后面的小信封里放一张小纸条,上面印着到期日。整个流程对一个大型图书馆来说真的让人头疼。"

我兴奋极了。我的图书馆很小。这正是我需要的管理方式。

"你们每天都有一个不同的印章吗?"

"哦,天哪,不是。我们有一个可以印上任何日期的小玩意儿。不知道我手里还有没有了。"

琼斯夫人说着,就消失在前台后面的办公室里。透过窗户,我能看到她在抽屉里翻来翻去找东西。

信封。我可以找来一堆信封,把它们贴在B.B.L.L.图书馆图书的背面。然后,我可以把索引卡放在小口袋里,上面留出大家签名的位置。等书到期的时候,我甚至可以往借书人的信箱里投递一张还书提示。

"哈哈,我找到了!"琼斯夫人说,"这就拿给你看,我们这儿从不乱丢东西。"她回到前台的时候,手里拿着一个结构复杂的小印章,多年的使用把它染得红红的。印章的顶端有一个黑色的把手,你可以握住它,底部是4个可以旋转的橡胶块——一个是月份,两个是日期,还有一个是年份。现在显示的时间定格在1988年5月27日。

琼斯夫人笑了。"我想这是我们最后一次使用它的日期。"

我前后旋转着月份。真是个令人惊叹的小玩意儿!我在胳膊上印了一下,当然它已经干了,只在我的皮肤上留下了一个淡淡的印儿。

"哪里能买到呢?"我问。

琼斯夫人看起来很吃惊。"哦。好吧,我想有什么地方还能买到。办公用品商店,有可能?尽管我不知道你有多大可能性买得到,如果你想要,这个可以送你。"

我激动得胳膊上的小汗毛都竖起来了。"真的吗?"我问。

"当然,显然我再用不到它了,"她说,"它有点儿过时了,上面只有1980年到1990年的日期。"

我不介意。到期日印章真的太神奇了。我会想方设法让它工作起来。"谢谢!"我说,然后就跑回我的老地方。

我现在距离真正的图书管理员只差一副挂颈眼镜,我感觉自己已经是图书管理员了。

无处可逃

🚫 我在妈妈的工作室找到了索引卡和信封，这间屋子的大小是跑步机房的两倍，客房的3倍，是存放度假用品和堆放杂物的地方的4倍。安吉丽娜的房间里有一瓶胶水，厨房抽屉里有一把剪刀。我现在要做的就是找个工作的地方。

我的床不是剪贴的好地方。阿丽克西斯又在用我的床柱练芭蕾，还把音乐开得特别大。厨房的桌子本来是最完美的地方，但安吉丽娜把它变成了一个马厩。她用妈妈的碎纸机做了干草，地上到处都是碎纸。我来到客厅，爸爸和妈妈正在那儿看电视，屏幕上正播放着《骑士和剑》。

我一进来爸爸就暂停了节目，问道："什么事，年轻人？"

"一些学校的事儿。"我答道。我把东西放到咖啡桌上，坐下来。

"哦，抱歉，亲爱的。今晚你得找其他地方做，"妈妈说，"我在看一些不适合你们看的节目。"

"那你们想让我去哪儿？"我想问他们，"阿丽克西斯把我的房间变成了芭蕾舞房，安吉丽娜把厨房变成了马厩！"

但我只是重重地叹了口气。我怒气冲冲地抓起我的东西，跺着脚走进厨房。

"我要用厨房桌子。"我对安吉丽娜说。

"嘶！"她叫着。

我砰的一声把东西扔到桌子上。

"你只不过是玩玩，我有学校的事情要做。"我对她说。

"嘶！"安吉丽娜继续叫着。

我拉过一把椅子，坐下来，把她的那堆碎纸推得乱七八糟。

"不，不！我先来的！"安吉丽娜尖叫着。她抓住我坐的那把椅子用力拉。拉不动时，她又试图把我从椅子上拉下来。

"放手！我要工作。"

"你毁了它！你毁了它！"

"安吉丽娜！艾米·安妮！"爸爸在客厅大喊道，"够了！"

安吉丽娜不再试图把我从椅子上拉下来，而是倒在地板上打滚、踢腿，声嘶力竭地尖叫起来。

"姑娘们！"爸爸在楼下客厅吼起来，"我现在不想处理这件事。"

"我先来的！"安吉丽娜号啕大哭，"我先来的！"

"艾米·安妮，"妈妈喊道，"妹妹已经在厨房玩了，你去别的地方。"

我尽可能大声地用力把椅子从桌子旁推开，拿起我的东西，跺着脚走出厨房，一边走一边把安吉丽娜的碎纸片踢得满天飞。她的哭声更大了，这让我感觉很好，尽管我气得发疯。

我仍然需要一个工作的地方。我不想再和阿丽克西斯在房间吵架了，也不能再因安吉丽娜而让父母生气。我需要一个比我的藏身处——那个洗手间——更大的工作空间。安吉丽娜的哭闹和父母的吼叫声吵醒了大狗，它们匆匆跑进走廊，耷拉着尾巴，不太开心。

它们不喜欢大吵大嚷，想和我一样找个地方躲起来。

弗洛特和杰特跟着我走进妈妈的工作室。床上摆满了一箱箱的圣诞饰品、毯子以及我们从未用过的野营用具，妈妈的书桌上堆满了文件、文件夹和没用的盒子，不过，地板上还有地方。我懊恼地扑通一声趴在地板上，把我的信封和卡片铺到地上。

弗洛特和杰特四处转悠着。

"不！不！"我告诉它们，但它们还是不停地走来走去，尾巴兴奋地摆动着，把我的卡片和信封都弄皱了。它们不是故意搞破坏，只是想尽量靠近我。我趴在地板上，它们还以为我想摸它们，和它们一起玩耍。

我躲开大狗的腿，把所有的东西捡起来，再把围着我打转的大狗推到走廊。这间屋子找不到一个可以工作的地方。我又跺着脚穿过厨房，安吉丽娜在桌子底下警惕地看着我。我甚至懒得踢她那堆碎纸片，径直来到后门，走出门外。

外面下着雨。

我冲进妈妈的车里，跳到副驾座位上。这里没有平坦的空间可以粘东西，车里还弥漫着酸牛奶的馊味儿。不过，至少我可以在这里安静地工作。如果我能开车,我会毫不犹豫地发动汽车,开到很远很远的地方。

我用手背擦了擦眼睛,不知道自己是在擦雨点还是在擦眼泪。

持有与携带武器的权利

第二天,我来到教室,特雷已经把我们的课桌拉到一起。现在是我们一起为我们的修正案工作的时间。我并不指望他能做什么实质性的工作。他在课上所做的一切就是画画。

我咣当一声把背包放在我的课桌上。

"哇,"特雷说,"你都带什么了,学校全部课本吗?"

"是的。"我说。我拉开书包拉链,从那些课本里掏出了社会学课本。课本砰的一声砸到桌子上。"太沉了。"

"你为什么不把你的书放到寄存柜里?"特雷问。

我愣住了。愚蠢,艾米·安妮!真蠢!我把所有课本都放在背包里的原因是我的寄存柜里放满了禁书,不过,我当然不会告诉特雷。

"我不想费劲走到寄存柜。"我撒了个谎。

"可我看你总去寄存柜,"特雷说,"你经常在那儿和其他人见面。"

毫无疑问,他看穿我了。他想揭穿我,但我不会上当的。

"我们能不能开始讨论项目作业?"我说,"我因为去校长办公室已经耽误了一整天了。"我在装满东西的书包里翻出我为第一修正案做的笔记。

特雷掏出随身携带的素描本。"是啊。发生什么事儿了?你是不是在香蕉校长那里惹麻烦了?"

"没有。"我告诉他。我看着他的眼睛。他很希望我惹麻烦吗?他是在耍我吗?如果是,他装得可够像的。

"很好。"他说。但我不相信他。

"这是我做的关于第一修正案的笔记。"我说。

"酷,"他说,"我画了些画。"

"关于什么?"我问。会是更多把我画成老鼠的画吗?

特雷困惑地看着我。"嗯,《权利法案》啊。我们的项目。"

我惊呆了。特雷真的为我们的项目做了工作吗?他把素描本翻过来给我看。上面画了一个人,两条巨大的、毛茸茸的胳膊下面长了一双爪子。我皱起眉头。

"这是什么?"我问。

"持有与携带武器的权利(The right to bear arms)。"他说。

我转着眼珠。"这里的'bear arms'是携带武器的意思,并不是人长出了熊掌。"我说,"况且,这是第二修正案。我们要做的是第一修正案。"

"我知道,"他微微一笑说,"我忍不住画的,太好笑了。"

这是我第一次看到特雷微笑,我很惊讶。他那未经梳理的金色头发下面长了一张友好的脸。一时间,我有点儿喜欢他和他那张可笑的画,画得相当不错。但很快我又想起来他是谁,以及他在三年级时对我所做的一切。

"MMIII是什么意思?"我问。这行字写在那幅画的底部一角。"那是罗马数字还是什么?"

"我的签名,"特雷说,"马文·麦克布莱德三世。""马文·麦克布莱德?我以为你的名字是特雷·斯宾塞。"我说。

"特雷只是我的小名。我上幼儿园的时候,我父母就离婚了,后来他们又各自再婚,"他说,"麦克布莱德是我爸爸的姓,他是个职业插画家。他和他的新家在亚特兰大。我妈妈嫁给了一个姓威勒的家伙,但她改回了斯宾塞这个姓,这是她的父姓。"

"哦。"我说。我不知道说些什么。"你有……你对第一修正案有什么看法吗?"

"是的。"特雷说。他翻到另一页,上面画的是一群人在向一个外星人鞠躬,那个外星人正从飞碟里走出来,看起来非常奇怪。

"嗯,这是什么?"我问。

"第一修正案说,国会不能制定法律去限制信仰自由,因此如果人们愿意,他们可以自由崇拜外星人。"

"我……不认为这一条说的是这个意思。这条的意思是国会不得确立国教,强迫人们去信奉。"

"哦,"特雷说,他把图画转过来看了看,"真糟糕,我实在太喜欢那个外星人了。"

"其他相关内容会用得到,"我对他说,"比如宗教信仰自由条款。这条你怎么画的?"

特雷翻到下一页。上面画的是一群牧师装扮的人正在举杠铃。

"呃……"我说。我完全不知道他画的是什么。

"这就是宗教自由锻炼的权利（The free exercise of religion）。"特雷说。他又狡猾地笑了。他知道宗教信仰自由是什么意思，这一句里的"exercise"跟"锻炼"没有半点关系。但他画得真的太有趣了，我忍不住笑了起来。

"我想我们最好用飞碟那张，而不是这张。"我对他说。

"是的，"他说，"哦！我还为新闻自由（Freedom of press）画了一幅画。"

这张画上是一位妇女，面前有3个大按钮，她按下了中间的那一个。

"看到了吗？"特雷说，"她享有自由选择按下（press）任何按钮的权利！"

我哼了一声，随即又闭上嘴巴。我不想喜欢特雷或他的画。

"你知道，新闻自由的意思是你可以出版任何你想出版的东西，而政府无权决定你可不可以，对吗？"我又说道。

特雷耸耸肩。"这样画更有趣。"

"你为集会自由（The freedom to assemble）条款画什么了吗？"

特雷翻到新的一张，上面是一个男孩正坐在地板上搭乐高积木。我闭上眼睛，摇了摇头。

"我想让他组装（assemble）一辆汽车模型，但乐高可能更受欢迎。"他说。

"集会权是说——"

"如果我们愿意，我们可以在公共场合集会，"特雷说，"我知道，我知道，我为申诉权画了一张真实的画。我实在想不出好笑的点子。"

他画的申诉权是一张有很多签名的剪贴板。那么，现在起码有两张能用的画。我列出第一修正案的权利保护清单，只差一条还没做，就是言论自由那一条。特雷说他为此也画了一张，他在素描本里翻找着那幅画。

我以为特雷会画某人在做公益演讲，或者可能画个对话框或者一个冲出牢笼、获得自由的"SPEECH"（演讲）。相反，他给我看的画是一个挂着"谢尔伯恩小学禁书"指示牌的寄存柜。

我的寄存柜。

我惊讶地看着特雷。这次他没有笑,甚至没看我,而是盯着自己的手。无论如何,他是对的。强迫我取下指示牌违反了言论自由。我竟然没想到这一点。

但是,他是因为赞同还是反对才这么画的呢?我皱着眉头想。

"你能告诉我为什么你不喜欢我吗?"特雷问。

"你不该问!"我想大喊,"你应该知道:你的妈妈是一个讨厌的人,是她禁止了那些图书;你也是个讨厌的人,因为你监视我,而且在去年为我画了一幅愚蠢的画!"

然而,我却只是紧紧抓住椅子边儿,愤怒地盯着我的桌子。

沃恩先生宣布,请大家收起社会学课本,拿出词汇书。

"好吧。那么,我会继续画其他的条款,然后拿给你看。"说着,特雷把桌子拖回了教室另一端。

在角落里

我一直试图把注意力集中在我正在图书馆的老地方看的那本《窗后的少年》上,但满脑子想的却都是特雷。他已经发现了我贴在寄存柜上的禁书书单,而且仔细研究过,并把它画了下来——连上面的书目都分毫不差。这意味着他一定知道禁书书单已经被撤了下来。我原本以为这也是他所希望的。然而,当他把画作展示给我看的时候,他似乎有些尴尬。或者说,有些抱歉。

"嗨!"特雷说。

我被招呼声吓了一跳,一下子把衔在嘴上的辫子吐了出来。正想着他呢,他就来了,还就站在我旁边!

"抱歉,"他说,"我没想吓唬你。只是——我画了一幅关于集会权的新作品,我想在回家前拿给你看看。"

特雷把新作品拿给我看。这次他画对了。上面画了一群人站在人行道上,双手举着一块块写着"投反对票!"的牌子。只有一块牌子上写着:"磁铁:它们是如何工作的?"

"它们如何工作?像魔法一样!"他说。他微笑着,仿佛在说他在开玩笑。"无论如何,那家伙和其他人一样有权利参加集会,对吧?"

"是的,"我说,"只是它不适用于集会权,它属于言论自由。"

"是的。"特雷说。说完,他又看了看脚下的地板。

"不过还算用得上,"我说,"而且,你的画的确很棒。所有的面孔都不一样。你甚至还画了很多手。"每次我画人物的时候,我都会把手画在背后,或者插在裤兜里。因为我不会画手和手指。

特雷耸了耸肩。"如果你想画漫画,就必须学会画手。"

正当我要问特雷是不是想画漫画的时候,他的妈妈来到了图书馆。

"下午好,琼斯夫人。"斯宾塞夫人说。

"斯宾塞夫人。"琼斯夫人说。

琼斯夫人穿着一件白色波点的绿色宽松裙，斯宾塞夫人穿了一身瘦小的粉蓝色运动套装。两个人的样子像极了漫画里的人物。她们站在那里，四目相对，似乎谁也不愿给对方让路。

"特雷在图书馆吗？"斯宾塞夫人终于开口。

"我想他在后面。"琼斯夫人答道。她站在过道朝我们点头示意，我的心脏怦怦乱跳。真蠢。斯宾塞夫人又不知道我是谁，或者我拿那些禁书书单做了什么。但我还是紧张地把小辫子塞到嘴里，吮吸着。

"特雷，该走了。"斯宾塞夫人喊道。

"我想车子到了，"特雷说，"再见。"

斯宾塞夫人抚摸着特雷的头，当他们即将走出图书馆时，琼斯夫人拦住了他们。

"哦，斯宾塞夫人，我还要谢谢你。"她说。

斯宾塞夫人转过身："谢我？"

"感谢您和PTA提议邀请一位作家拜访学校。我刚刚约了作家戴夫·皮尔奇拜访这里。"

斯宾塞夫人皱着眉头，努力想着作家的名字。"他写了……"

"《内裤超人》系列，是的。"琼斯夫人说。你禁止的那些书,她本来想说。事实上,用不着她说,因为我们都知道。

斯宾塞夫人沉下了脸。"你真认为这是个好主意吗?"她问。

"我想这是个非常棒的主意。"琼斯夫人说。

怒气冲冲的斯宾塞夫人看起来更加瘦小了,我有点儿期待她说:"哦,是吗?等着海伦来吧!你们会后悔的!"相反,她转身就带着特雷走出了图书馆,她的前胸在运动服下剧烈地起伏,就好像刚刚锻炼过似的。

拳击比赛第三回合,琼斯太太获胜。或许,这场斗争还没结束。

海伦又回来了

1《等到海伦来》正躺在餐厅的地板中央,所有人都能看到。

当柯尔特兰·法默意外撞上正在打闹的奥兰多·乔伊和史蒂文·罗塞尔时,被他藏在托盘下面的这本书掉了出来。柯尔特兰是一个二年级的白人学生,沙棕色的头发平铺在额头上,就像历史书上的罗马将军。那时,他正沉迷于自己收藏的岩石标本,在他撞上奥兰多和史蒂文的一瞬间,托盘飞了出去,里面的奶酪、巧克力牛奶,以及一打形状、大小和颜色各异的矿石噼里啪啦地四处飞溅,散落一地。

还有那本《等到海伦来》。

餐厅里的孩子们又是鼓掌又是尖叫地起哄,但我似乎听不到,或者说我根本没有注意到飞溅的食物和散落的石头。对我来说,就连桌子上湿乎乎的抹布味儿都消失了。这一刻,让我关注的唯一的东西就是那本书,它躺在那里,书页敞开着,像一盏点亮的聚光灯。

"好了,好了,够了。"巴纳泽沃斯基校长对大家说。

巴纳泽沃斯基校长。

"我来帮你。"巴纳泽沃斯基校长对柯尔特兰说,她弯下腰把书捡起来。

5秒钟后,巴纳泽沃斯基警探就要捡起"威克郡学校董事用来起诉艾米·安妮·奥林格的物证A",对此,除了坐在一旁眼巴巴地看着,我无能为力。

"那是我的座位!"有人在餐厅里大喊,"我坐在那儿的!"

"坐上去!"有人喊道。

两个男孩摔倒在地,连踢带拽,厮打在一起。刚刚学生们还在为柯尔特兰欢呼喝彩,现在马上又开始高呼:"打!打!打!"我没看清是谁在打架。在孩子们围成一圈儿围观打架之前,我只看到一团乱七八糟的胳膊腿扭打在一起。

巴纳泽沃斯基校长站起身,看也没看一眼就把书递给柯尔特兰,然后向打架的方向跑去。"别打了!别打了!"她喊着。

我急忙跑向柯尔特兰。他刚捡起空巧克力牛奶盒,装模作样地喝了一口。"啊,"他说,"好新鲜。"

"快藏到柜子里去。"我低声对他说。

他看了一眼巧克力牛奶盒。"什么,这个吗?"

"不!是书!"

他看了看手里的书,睁大了眼睛。

"哦,天哪!抱歉!"他说。

"赶紧!"我对他说,"别再带到餐厅了!"

柯尔特兰匆匆跑开了。我回到自己的座位,趴在桌子上。太悬了!柯尔特兰差点儿惹出大麻烦,一旦暴露,他就会不得不坦白从哪里弄来的书。寄存柜图书馆运行得很好,这意味着谢尔伯恩小学的学生们手里有很多禁书。说不定哪个人拿着某一本书,一不小心摔一跤,就会被抓住,这不过是时间的问题。

当老师们把大家送回座位,丹尼和瑞贝卡在我身旁坐下来。

"是那本《等到海伦来》吗?"瑞贝卡问。

"是的,"我告诉她,"刚才被巴纳泽沃斯基校长拿在手里。"

"幸好有人打架。"丹尼说着,把头发从眼睛上面拨开,"被人看见了吗?"

我们不约而同得出了一个答案。这时人群散去,巴纳泽沃斯基校长和格林小姐每人手里拽着一个男孩。其中一个我见过,是四年级的孩子,但我不认识。另一个是杰弗里·冈萨雷斯。

"那是我的座位!"杰弗里叫喊着。他再次向那个男孩猛扑过去,但被巴纳泽沃斯基校长拦住了。

"够了!"巴纳泽沃斯基校长说,"去我办公室。"

这次学生们没有发出起哄声。大家知道,这回真正的大麻烦来了。几个人刚走,餐厅就恢复了热闹的景象,大家都津津有味地议论着打架的每一个细节。

尽管这件事对杰弗里来说糟透了,但幸亏他们在那一刻打起来。或许,并不是我幸运。也许,杰弗里是看到了地板上的书,故意用打架分散大家的注意力。但杰弗里知道 B.B.L.L. 吗?我们一起去办公室那天他已经走了。如果他是为了这个,那他的反应可真够迅速的。如果不是,那这场架对我来说来得正是时候。不管怎样,杰弗里要有大麻烦了,不管怎样,我欠他一个大大的感谢。

名字里有什么？

第二天，我没找到机会感谢杰弗里·冈萨雷斯，因为打架，他被停课了。

杰弗里是谢尔伯恩小学有史以来第一个被学校停课的孩子。我讨厌人们在走廊和餐厅里低声谈论他的样子，好像他们很高兴有人惹了大麻烦。好像杰弗里是个可怕的罪犯。太空实习生虽然是个电脑迷，但他真是个不错的家伙。至少在这之前是这样。

"我一直都在考虑我们的可视度问题。"丹尼说。我甚至没察觉到他就坐在我和瑞贝卡旁边。

"我们的可视度问题？"瑞贝卡问。

"比如说，当有人把书掉在餐厅里，我们的书就被看到了。"我解释道。

"确切地说，"丹尼向后拢了一下头发，"我有个主意，但可能需要增加一名新的董事会成员。"

"谁？"我问。

"带上计算机教室通行证，我来给你们介绍一下。"丹尼说。

计算机教室里放着足够一个班级使用的电脑和打印机，但除非老师提前预订，否则学生们只有出示通行证才可以单独进入。戴肯先生查验了我们的通行证后，丹尼把我们带到教室后面的一个角落，那里坐着一个孩子。我以前从没见过他，我想他不是四年级的学生，但他看起来像四年级的，或许是三年级的。他个子不高，骨瘦如柴，肤色和我一样黑，浓密的鬈发剪得很短，中间留得很高，像个蘑菇。他抬起头，透过圆圆的金丝边眼镜看着我们。

丹尼和男孩来了个秘密握手。"女士们，请允许我介绍一下 M.J.——迈克尔·乔丹。"

"迈克尔·乔丹？"我问，"你是说，和那个篮球运动员一样吗？"

M.J. 重重地坐回椅子上说："是的。"

"他讨厌自己的名字，因为他不会打篮球。"丹尼说。

"是的，我根本不会。"M.J. 说。

丹尼坐在他旁边说："他是五年级里最矮的孩子。"

五年级！我以为他才三年级！

"第二矮。"M.J.说。

丹尼对他说："坐轮椅的人通常不计算在内。"

M.J.斜了他一眼。"伙计,你还想不想让我帮忙？"

"要,要。"丹尼说。他抚了抚头发,示意我们坐下。"我还没告诉你们的是,M.J.是我们学校最优秀的电脑艺术家。"

M.J.听到这话很得意。

"给我们看看你的杰作,M.J.。"丹尼说。

M.J.从电脑里调出一个文件。是《神火之盗》的封面,上面画的是波西第一次去营地对抗巨型牛头怪的场景。这张封面非常精彩,但我此前从未见过。

"这是什么？"我问,"外版书的封面吗？"

"你画的吗？"瑞贝卡问。

"用电脑做的,也可以说是我画的。"M.J.说。

"我不是告诉过你们他是最棒的吗？"丹尼说。

"这有什么用？"瑞贝卡说。

"我们让M.J.做假封面,然后把它包在书皮外面。"我说。

丹尼拨开遮住眼睛的头发。"问题轻松解决,想想看,这样一来不管是谁把书掉在餐厅里,当巴纳泽沃斯基校长捡起来时,看到的就是另外一本书。"

"你会做吗?"我问,"你会帮我们给每一本书都做一张假封面吗?"

"是的,"M.J.说,"但每本书都用一样的封面可不行。我们一共有多少本书?"

"27本。"我对他说。

"还会有更多的新书,"瑞贝卡说,"但愿如此。"

M.J.吹了一声口哨。"我最好立刻开始工作。但我需要一些书名。"

"真书名吗?"丹尼问。

"最好不要,"我说,"如果我能看出这不是《神火之盗》真正的封面,老师也可能会看出来。我们需要一些假书名。"

M.J.打开文件开始处理文档,并说道:"洗耳恭听。"

"现在吗?"瑞贝卡说。

"你们要封面,我要书名。"M.J.说。

如何想出一个书名呢?作者是如何构思书名的呢?我从来没想过。书名总是和书中某些内容有关。

那么，我们如何给那些书取假书名呢？

看到丹尼又用手指把头发从眼睛上拨开，我笑了。

"《爱上头发的男孩》。"我信口说道。

M.J.咯咯笑着，开始打字。

"嗨！这并不好笑。"丹尼边说边拢了一下头发，然后意识到自己的动作，涨红了脸。"还有一个，《吮吸头发的人》。"

我下意识躲起来。我不知道竟然有人注意到我经常嚼自己的辫子！

"《自来卷》。"瑞贝卡说，假装梳理她的黑色鬈发。

M.J.笑起来。"好吧，好吧。不能都是关于头发的。"

"也不能用粗话，否则，他们也会禁止。"瑞贝卡说。

"《只爱书的女孩》。"丹尼说。

M.J.点了点头。"我喜欢这个书名。我喜欢。继续。"

"《女律师杰西卡·罗杰斯》。"瑞贝卡说。

我摇了摇头。"和某些书有点儿相似。"

瑞贝卡有点儿兴奋："真的吗？是什么书？"

我又摇了摇头，告诉她，她肯定不想看。

"《蓝色鹦鹉之谜》。"我说。

"《第十七个公主》。"瑞贝卡说。

"《湿狗臭味儿》。"

"《熊先生的银行账户》。"

"《我认为从这儿可以看到我的家》。"

"《他们已经死了》。"

"《闻闻我的手指》。"

"《一个四年级僵尸的故事》。"

"《机器人超级忍者》！不，《超级机器人忍者》。不——《超级忍者机器人》！"

"丹尼，没关系！这不是一本真的书！"

"我想让书名好听点儿！"

我们边笑边想书名，M.J.不停地打字。大家都很开心。戴肯先生不得不让我们控制一下音量。我从电脑后面跳出来，示意我们会保持安静。同时，我发现隔壁那排电脑后面有个人在盯着我。

是特雷·麦克布莱德。

他举起一只手和我打招呼，另一只手放在扫描仪盖上。仪器里面的灯来回滑动，他打开盖子，拿出素描本，翻过去扫描另一页。

我跑回电脑后面，其他三个人强忍着笑，眼泪都快憋出来了。

"伙计们,"我低声说,"我们必须控制一下音量。"

瑞贝卡点点头,眼泪顺着她的脸颊流下来。丹尼发出类似汽车喇叭的嘟嘟声。

"我是认真的!"我嘘声说道,"特雷在隔壁!他可能听到我们说的了。"

我的话引起了瑞贝卡和丹尼的注意。笑声戛然而止,他们两个站起来偷偷朝那边张望。

"特雷是谁?"M.J.好奇地问。

"禁书女士的儿子。"我对他说。但他只有这个身份吗?她的儿子?可能还是她的探子?

"好吧,我还需要更多的书名。"M.J.说。

"我有一个,"我说,"《是敌是友》怎么样?"

特——啦——啦

我蹦蹦跳跳来到门口,丹尼和瑞贝卡已经在队伍中。今天是作家戴夫·皮尔奇的访问日!我不大喜欢他的书,但我之前从未亲眼见过真正的作家。我还有一本他写的书藏在我的衬衫下面,是我刚为B.B.L.L.采购的图书。我想给这本书要个签名。沃恩先生带我们去了餐厅,我们和四年级的所有学生围成一个半圆。琼斯夫人和一个男人站在圆圈中央的投影仪旁边,我猜他就是戴夫·皮尔奇。他是个白人,中等身材,年纪不算太老,留着棕色的短发,穿一件夏威夷花衬衫。琼斯夫人跟他说了些什么,把他逗笑了。接着,琼斯夫人提示大家注意:

"好了,四年级的孩子们。我很荣幸地给大家介绍一位作家,你们中很多人读过他的书,喜欢他的书。

我也一样。他就是戴夫·皮尔奇。"琼斯夫人读他的名字时,有点像是"戴维",尽管应该读成"戴夫"。"他是一位出版过50多本书的作家,大部分图书都配有插图,包括《哑巴兔兔》《威猛机器人》,当然还有《内裤超人》。他的作品《报童》曾荣获凯迪克大奖,他还获得了'全国最受读者喜爱的作家'等多项殊荣。"

我注意到,在琼斯夫人讲到最后一段话时,巴纳泽沃斯基校长走过来,站在餐厅门口。

"我敢肯定皮尔奇先生会告诉你们更多关于他的生活和作品的趣事,接下来我会把时间留给他。让我们用热烈的掌声欢迎皮尔奇先生!"她说。

学生们欢呼雀跃,主要原因是大家难得有机会在校园里欢呼和呐喊;而我也跟着欢呼是因为我真的很高兴皮尔奇先生能莅临学校。

皮尔奇先生用幻灯片展示了他小时候的一些作品,并告诉我们他当年在学校总是惹麻烦,经常被赶到走廊罚站。当他讲述这些故事的时候,我偷偷瞥了一眼巴纳泽沃斯基校长,她看起来不太开心。但我身边的孩子们都很开心。皮尔奇先生既幽默又风趣,大家都被他的话逗笑了。皮尔奇先生谈及他第一次创作漫画的经历，那时的画看起来不如现在画得好，还有很多拼写错误，但他说这些并不重要，因为漫画实在太有趣了，他的朋友们看了都捧腹大笑；你的拼写不一定有多棒，你也不一定非常擅长语法，你的画不必像艺术家的画那样完美无瑕。接着，他举了几个例子，比如，一些著名艺术家打破常规，把房子画得乱七八糟、上下颠倒，还有一些著名的作家没有使用正确的拼写和语法——都是不受老师喜欢的行为。

直到皮尔奇先生大学时期的一位老师看到他的画，并告诉他：他应该去为孩子们写书、作画。就这样他走上了成为儿童读物作家的道路。讲完后，他向我们展示他是如何创作《内裤超人》的，并询问我们有什么问题。我举起手，其他孩子也都举起了手。但他们问的问题实在太过愚蠢。

"那些书都是你写的吗？"

"你赚了多少钱？"

"你是怎么想到这些的？"

"我也喜欢画漫画！"（这根本不是问题！）

"你认识什么著名作家吗？"

"你能画蝙蝠侠吗？"

然后，他叫到了我。

提问的时候，我的心怦怦乱跳，我问："你的书是我们图书馆的禁书，对于这件事你怎么看？"

餐厅一下子静下来，我竭尽全力不去看巴纳泽沃斯基校长。

皮尔奇先生笑了。"好吧，我希望它们可以上架，让每个人都可以阅读。"他说，"我认为图书馆应该是一个你可以找到任何书籍的地方，这一点很重要。好的，坏的，有趣的，严肃的……每个人都有阅读的自由，不管读什么书，什么时间读，你不必告诉别人为什么喜欢，或者为什么觉得它有价值。我希望有一天你们都有机会读我的书。"

我笑了，我的心还在怦怦乱跳，我想每个人都听到了这些话。在作家皮尔奇先生来学校之前，我特意去买了《内裤超人》系列里的一本书，希望大家可以一直借阅它！我又扭头看了看巴纳泽沃斯基校长。只见她双臂交叉环抱，怒目而视。但她并没有看皮尔奇先生，也没有看我。她在看琼斯夫人。

大家又问了很多问题（大部分都是些愚蠢的问题）。这时，琼斯夫人宣布时间到了。大家又一次欢呼并感谢皮尔奇先生的到来,老师们开始以班级为单位让大家分别集合。

"沃恩先生!沃恩先生,我可以去见一下作者吗?"我恳求他。

他点了点头。"马上回来。"他对我说。我不由分说地一把拽起瑞贝卡和丹尼,匆忙穿过餐厅,来到皮尔奇先生面前。琼斯夫人揽着我在一边等待,另外一个班的几个孩子正给皮尔奇先生看他们的漫画作品。

"我的小叛逆者。"琼斯夫人对我说。

叛逆?我吗?

画漫画的那两个孩子终于被老师叫走了,我们走过去向皮尔奇先生问好。

那时,我意识到我不能对他透露任何关于B.B.L.L.的事情,也不能告诉站在一旁的琼斯夫人。不过,这些其实正是我想说的。

我和瑞贝卡、丹尼只是站在那里,对他微笑。很长一段时间,皮尔奇先生一直向我们微笑着,好像等着我们对他说点什么,但过了一会儿,他的笑容开始减少。

"那么……你们几个有谁喜欢画画吗?"皮尔奇先

生问。

我们摇了摇头。

"哦,你们喜欢写作?"

我们又摇了摇头。

皮尔奇先生笑了。"那么,你们至少喜欢读书吧?"

"哦,是的,"瑞贝卡说,"你想象不到。"

突然,一个学生被连接投影仪推车的线绊了一下,琼斯夫人赶紧跑过去。最终,我环顾四周,确定周围没有其他人在场后,从衬衫下面掏出《内裤超人》那本书。

"能帮我签个名吗?"我问皮尔奇先生。

他惊讶地看着我,接过那本书。当他看到封面的时候,倍感惊讶。"《闻闻我的手指》?"他说。封面上画的是一个手指发臭的男孩,旁边有个孩子被熏晕在地上。

"这只是表面的伪装。"我对皮尔奇先生说。我翻开书给他看:《内裤超人》。

"哦。"他说。他把书翻过来,发现了我贴在书后面的小信封里的书袋卡。"哦,"他又感叹一句,看了一眼假封面,"谁设计的?"

"我们的朋友 M.J.。他是五年级的。"丹尼说。

"告诉他,他做得很棒。我会写一本真正的《闻闻我的手指》。"他四下张望一下,确认没人注意我们,说道:"那么,我猜你们的老师不知道你们有这本书吧?"

我们摇了摇头。

"我明白了。"他从口袋里掏出记号笔,把书翻到首页,问:"我该写给谁呢?"

"B.B.L.L.。"丹尼说。

"B.B.L.L.?"他看起来很好奇。他在书上写道——"给 B.B.L.L."——然后,画了一个内裤超人的速写,最后在他的签名下写了一个"特——啦——啦"。"我可以问问 B.B.L.L. 代表什么吗?"他边把书还给我边问。

我把书塞回衬衫下面,说:"恐怕不能。"

"好吧,那么,坚持阅读,孩子们。不要惹麻烦。"

琼斯夫人走过来说:"皮尔奇先生,忙完这三个孩子,还有一个学生想见你。"

我差点儿叫出声来。琼斯夫人带来的是特雷·麦克布莱德!为什么?!我收紧腹部,祈祷特雷没有发现我藏在衬衫下面的书。

"我们得回班里了。"我说。还没等皮尔奇先生和我们说再见,我就拉着瑞贝卡和丹尼飞快地跑掉了。

礼 物

《内裤超人》从没进过寄存柜图书馆。每次甚至没等我拿回来,就又被借走了。这本书有一个长长的等候阅读名单,长期处于借出状态。现在,我必须攒钱去买剩下那几本。我自己甚至也可能会读一读这套书。

那天下午,我坐在图书馆的老地方,看到琼斯夫人在向皮尔奇先生道谢,并协助安排他离开学校。皮尔奇先生表示在我们的校园里度过了快乐的时光,感谢琼斯夫人打了一场漂亮的仗。他察觉到我在角落里看他,于是,我赶紧躲到《摩天轮之谜》后面。当我再次偷看他的时候,他正从袋子里掏出一些东西,还对琼斯夫人小声说着什么。琼斯夫人一脸奇怪的表情,朝我这边张望。送皮尔奇先生去机场的车子到了,他和琼斯夫人握手道别。

他刚走,琼斯夫人就把我叫到前台。

"皮尔奇先生对你印象深刻,艾米·安妮。"琼斯夫人说。她的脸上再次现出奇怪的表情,好像她在努力思考着什么。"事实上,他给你留下了一份礼物。"

一份礼物?

琼斯夫人就像我之前在餐厅里表现那样,环顾四周,确保没有人在看着我们,然后从桌子下面取出一整箱的书。

是《内裤超人》系列的全套图书,一共12本。

"给我的吗?"我疑惑地问。

琼斯夫人看着我,坚定地点着头说:"他说,你知道如何处理这些书。"

我真的不知道自己该哭还是该笑。这是寄存柜禁书图书馆有史以来收到的最大的一笔捐赠。

"我的确知道。"我答道,然后一把抱起那箱书。

"艾米·安妮,"琼斯夫人补充道,"你知道不能在学校传阅,对吧?"

我点了点头,心里面已经开始盘算着如何尽快和M.J.取得联系。

现在,我们需要更多的假封面。

眼见为实

第二天,斯宾塞夫人和她的朋友们穿梭在书堆里,翻看着每一本书。

琼斯夫人站在离他们几英尺远的地方,双臂交叉在蓝色波点裙上,看他们翻找着不喜欢的图书,但她无能为力。在那群人身后的桌子上已经堆了一摞挑出来的图书,供"进一步审核"。

我猜,斯宾塞夫人一定非常讨厌琼斯夫人组织的作家见面会。

那天下午,我在语言艺术课上紧急召开了B.B.L.L.董事会会议。瑞贝卡、丹尼和我拿着图书馆通行证,坐在一张书桌旁。周围的书架上腾出了很多空间——斯宾塞夫人和她的朋友们拿走了那些书。

"我们必须做点什么。"我对他们说。

"什么意思?"瑞贝卡问。

丹尼说:"我们必须拿到下架的那些书。"

"放在哪里?艾米·安妮的柜子可放不下那么多书。"瑞贝卡说。

"可以放我的柜子里,"丹尼说,"还有你的,我们都能找到地方。"

"但我们没那么多钱买书啊,我们哪里会有那么多钱,"瑞贝卡说,"即便我们天天卖蛋糕,也没有那么多钱。除非艾米·安妮能够让每位作者都像皮尔奇先生那样捐赠。"

我含着辫子冥思苦想。"必须想个办法。"我说。

"什么办法?"瑞贝卡问丹尼,"你负责采购。"

丹尼用手指捋着头发。"那么,我还真有个好办法。我知道去哪儿找那些下架的书了,而且还是免费的。"

"哪儿?"

丹尼对着琼斯夫人的办公室和图书馆中间的大玻璃窗点了点头。我皱着眉,终于明白了他的意图。原来,琼斯夫人把下架的书都放在办公室后面角落的书架上。

瑞贝卡紧张地说:"你的意思是偷书吗?"

"这不是偷,"丹尼说,"那些都是图书馆的书,它们被放在这里的初衷就是借给孩子们阅读。因此,我们只不过是借出来看看,不是吗?"

一想到要偷偷溜进琼斯夫人的办公室拿东西,我就感到浑身不舒服,即便这意味着我们能够拿到斯宾塞夫人禁止借阅的所有图书。

丹尼看出来我们无法接受他的想法。他说:"你们看,琼斯夫人采购这些书的目的就是给孩子们看。这也是我们想做的,让每个孩子都能读到这些书。她会同意我们的做法。"

"那我们为什么不直接找她要?"瑞贝卡说。

"因为她不能给我们,"我说,"她会因此失去工作。学校董事会已经通知她,她必须按董事会的要求去做。"我盯着那些书说。

"我们不能一次都拿走,否则会引起她的注意。"丹尼说。

"我们没必要拿走所有的书,"我说,"我们已经有一半了。"

"我不敢相信我们居然会有这种念头!"瑞贝卡说,"即使我们免于被起诉,偷窃也算是品行不端。"

"你的意思是,我们会坐牢?"我问。

"嗯,不会。偷几本书不会坐牢,最多是补偿或罚去社区服务。"瑞贝卡说。

"补偿是什么意思?"丹尼问。

"就是归还赃物或者为此付费,"瑞贝卡解释,"重要的是,这一行为很有可能会永久记录在我们的学生档案里;也就是说,我们会因此不能上大学。"

丹尼向后梳理着头发,说道:"我不在乎。"

"丹尼!"瑞贝卡生气地说。

我嚼着我的辫子。我知道,偷东西的行为实在糟透了。自从小时候偷过那根棒棒糖后,我再没偷过任何东西。

然而,偷禁书更为糟糕。

"我提议向琼斯夫人借那些书。"我说。

"我赞成。"丹尼说。

"全票通过?"我问。

"你看!"丹尼说着用手指把眼皮向下拉,表示赞同的"aye"。

我看了看瑞贝卡。

"你不需要我投票,"她说,"你已经有足够的赞成票了。"

"如果不同意,你不必参与其中。"我对她说。

瑞贝卡叹了口气说:"如果我们遇到麻烦,我认识一位好律师。"

"眼见为实。"丹尼站起身说,"走吧,就这么办了。"

"什么,现在就去?"瑞贝卡说。

"当然,"他说,"还等什么?等到海伦来?"

"等等,"我说,"首先,琼斯夫人还在前台。"

"我们要分散她的注意力。"丹尼说。

"并且,"我说,"如果我们把未消磁的图书带出去,门口的报警器就会响,你忘了?"

"哦,"丹尼说,"那怎么办?如何避开警报器?"

我怀疑我们根本无法做到。我眼前浮现出这样的场景:丹尼把书扔过扫描仪,我在大厅里努力接住。依照我在体育课上抛橄榄球时的表现,地上会堆满摔得七扭八歪的书。要把书运出来,唯一的办法就是把它们放在前台消磁,或者其他什么操作。出于某种奇怪的原因,我想起特雷曾经为争取集会权而创作的那幅画。画中有人举着一块牌子,上面写着:"磁铁:它们是如何工作的?"

我对丹尼和瑞贝卡说:"我们得用前台那东西,就是琼斯夫人用来消磁的机器,这样报警器才不会响。但这意味着我们需要长时间分散她的注意力。"

"这事儿交给我。"丹尼说着,从我们身旁书架上取下一本书,然后打开他乱糟糟的背包,把书塞到最底下。

"你想干什么?"瑞贝卡问。

丹尼把背包挎在肩上,朝门口走去。他边走边头也不回地说:"我去触发报警器!"

我和瑞贝卡急忙赶到能看到出口和前台的过道。我的心都要跳出嗓子眼儿了,我简直不敢相信自己要做这样的事。我成什么人了?在图书作者来访学校时我问过他如何看待他的书被学校禁阅的问题,如今,我还要把这些禁书偷出来,让它们成为寄存柜禁书图书馆的藏书,供大家借阅?

这时,丹尼已经走到门口的两道白色塑料探测护栏中间,警报声跟着响起来。见鬼,见鬼!尽管声音不大,但这响声和红光足以令我和瑞贝卡吓得跳起来。丹尼也是一惊,尽管他早有准备。

琼斯夫人坐在前台的椅子上,不动声色地问:"丹尼,你背包里是不是有书没消磁啊?"

丹尼拨弄了一下眼睛上的头发。"天啊,不会吧,琼斯夫人。"他说着折返回来,警报器再次响起来。

琼斯夫人从桌子后面走出来,来到丹尼面前,说:"到这儿来,我们一起看看。"

丹尼瞥了我一眼。要么现在行动,要么再没机会。我示意瑞贝卡在原地等我,然后快速冲向琼斯夫人桌子后面。只有我才知道要什么书;这样,一旦琼斯夫人走回来,瑞贝卡可以及时通知我。

我冲向后面的书架,浑身颤抖。我一路浏览着书脊上的书名,才意识到自己其实一个字也没读进去。我吓坏了,需要冷静一些,仔细想想,再读一遍书名。

我皱着眉头。这里的书不全是禁书书单上的图书。我扫了一眼书架上的标识:更换或移除。有些书太破旧或者有损毁,琼斯夫人需要订购新书代替。这样一来,我即使拿走一些,一时半会儿也可能不会被发现。

我扭头瞥了一眼。瑞贝卡扫了一眼丹尼那边,然后转向我。她的眼神告诉我要抓紧时间,但用不着跑掉。

《上帝你在吗?是我,玛格丽特》《玛蒂尔达》《孤女流浪记》《小侦探哈里特》《伟大的大脑》《大脑大冒险》《三口之家》《安妮日记》《授者》《厨房之夜狂想曲》《鬼妈妈》《黄金罗盘》《牛奶盒子上的脸》,还有《没有猪儿被宰杀的一天》。我在脑子里过了一遍书单,把寄存柜门上那个"#1!加油,雄鹰!"牌子背面所有没标小绿点的书都找了出来。等我清点完,手上捧了一大摞书,已经堆到了我的下巴底下。

我捧着这堆书急匆匆地跑到前台。此刻,我浑身发抖,感觉自己马上就要摔倒了,搞不好还会把这些书散落一地。就在这些书马上要七零八落地掉下来时,瑞贝卡及时赶来帮忙托住了它们。我瞥了一眼入口处,丹尼正坐在沙发上从背包里一件一件翻东西,拿给琼斯夫人看。

"这是语言艺术课作业!"他说,"我本来打算交作业的。嗨!我一直都在找这把梳子。"

"快点!"瑞贝卡小声催促。

我把第一本书拿到消磁仪旁边,我真不知道怎么用这个家伙。是不是要按一下按钮或者什么?我根本找不到按钮啊。于是,我只好模仿着琼斯夫人平时的样子,把书脊插入机器中,挪动一下。

机器嘀的一声响了,灯亮了起来。成功啦!我深深地吸了一口气,这才意识到我一直屏着呼吸。我把书推给瑞贝卡,又瞥了一眼丹尼。此刻,他又从背包里拽出一个塑料食品盒。"天啊,里面长了什么东西?"他说。

我加快速度又扫了几本书。

我刚扫到一半,就听到瑞贝卡说:"我的背包装满了!"

"快走,快走!"我催促道。于是,她朝门口一溜儿小跑。

我看着瑞贝卡离去的背影,一会儿担心琼斯夫人会本能地察觉她的书包里装满了禁书,一会儿又担心我的消磁操作是否正确。我相信瑞贝卡和我一样担心,因为当她经过丹尼和琼斯夫人身边时,明显放慢了脚步。这会儿,琼斯夫人显然对丹尼失去了耐心,正亲自帮丹尼翻找背包。瑞贝卡最后望了我一眼,然后走过了探测护栏。

报警器没响!瑞贝卡逃出去了!

"在这儿。"琼斯夫人说着从丹尼背包里拿出一本书。她读道:"《大假发:一些关于头发的历史》。"

"什么?"丹尼说着又捋了一下挡在眼睛前的头

发，以便于看清楚那本书。"哦，是的，是这本。嗯，我正在做一项计划，关于头发的。"

"那么，如果你想借阅，需要先办理借阅手续。"琼斯夫人说。丹尼朝我这边看了一眼。我还在给一堆书做消磁！

我拿起一本书，迅速放到消磁扫描仪中，绿灯亮了。接着，我又拿起一本书，继续消磁。通过！此刻，我真希望能把这些书全部消磁。当丹尼和琼斯夫人走过来时，我正抱着书从前台走出来。琼斯夫人没看见我！现在，我要把它们放进我的背包里，然后……

然而，我的背包已经装满了。我的寄存柜里装不下的课本填满了我的背包！我该怎么办才好啊？

我看了一眼时钟，上课时间到了。丹尼已经离开图书馆前台。我别无选择，只好挎上背包，把那些书封面朝里抱在怀里，向出口走去。刚走几步，我又想到这些书消磁消干净了吗？或者万一有哪本书没消，我就暴露了……

我再次屏住呼吸，穿过探测护栏。什么都没发生！我自由了！

"艾米·安妮。"琼斯夫人喊道。

听到喊声,我立刻僵住了。她知道我听到她在喊我。我无法假装没听见。

我转过身。

"不说声再见吗?"琼斯夫人笑着说。

我的喉咙里发出一声介于"哦"或什么的,就像青蛙的呱呱声。在匆匆逃跑前,我勉强喊了声"再见"。

黄金宝藏

❶　我坐在床上，四周堆满了书。

我把这些书按尺寸大小码放好，然后按字母顺序排列整齐，再根据我是否读过做了分类。我喜欢书的重量和手感，尤其是一些精装书，当你翻开它们的时候，封面的塑料涂层起皱开裂的那种感觉很迷人。有些书很老，甚至比我的年龄还大，还有一些书是全新的。

这些全都是被禁止借阅的图书。

这简直就是一座宝库。突然间，我觉得自己就像一条巨龙，卧在堆积如山的黄金珠宝上；只要能阻止霍比特人和那些矮人夺走这些财富，我愿意做任何事情。

为什么之前我从未把这些图书当作宝贝呢？我爱书。没有了它们，我无法想象我的生活会变成什么样。但我以前从未把每一本书的价值看得如此重要。即便是那些我不感兴趣的书，如今在我的眼里也像金子一样熠熠生辉。书里面的内容已经不重要了。正如外祖母说的那样，被一个人当作破烂的东西恰恰可能是另一个人眼中的瑰宝。这些书也是如此。这个人的《内裤超人》可能恰好就是另一个人的《天使雕像》。

我没有时间坐在那里想太久。如今这座房子既安静又漂亮，令人难以置信的安静，但这种氛围很快就会被打破。妈妈在厨房用着笔记本电脑，安吉丽娜正在金宝贝幼儿园像赛马一样跑来跑去，阿丽克西斯在上芭蕾舞课。一小时后，爸爸就会带着她们回家，家里又会变得混乱不堪。现在，就连大狗都安静地蜷缩在阿丽克西斯的床上。因此，在接下来的时间里，世界是我的，我还有工作要做，一些我不想让别人看到的工作。

有些书很新，需要在封底背面贴上插借阅卡的信封。有一些已经有了，我只需要把谢尔伯恩小学图书馆的到期卡取出来，换上我做的卡片。旧卡片看起来很有趣，我很喜欢上面的机打字体，上面还列着书名和作者。除此之外，上面还有长长的一串潦草的签名，旁边印着红色的归还日期。有时候，你会发现相同的名字反反复复地出现。我想象着，如果《天使雕像》也像这样被借出来的话，它后面的卡片会是什么样？我的名字会出现在借阅卡片上的每一行。有个女孩曾经借阅了三次《小侦探哈里特》，我在《玛蒂尔达》后面也看到了她的名字。如果1985年我也在谢尔伯恩小学上学的话，我和她很有可能成为好朋友。

接着，我从另一本书后面取出卡片，扫了一眼，我发现一个熟悉的名字。我又仔细看了看。

一个非常熟悉的名字。

是她？不，怎么可能？不，这绝不可能。但是，我越看越觉得，一定是。

那是一个家长的名字。

第一到
第九位公主

杰弗里·冈萨雷斯复课了。

他坐在自己的座位上，双臂交叉，盯着空空的桌面。大家都避开他，但我却在上课前向他走去。

"嗨，"我说，"很遗憾你被停课。"

杰弗里耸了耸肩膀说："没什么。"

"我只是，我不知道你那天那么做是不是为了我们，或者……"

杰弗里皱着眉头说："你说什么？"

"要知道，"我压低声音说，"正是因为柯尔特兰把书掉在餐厅地板上，校长即将捡起来的时候，你们……"

"我不是为你们打架的，"杰弗里有些愤怒，"我不为任何人打架，而是因为他占了我的座位。"

"好吧，"我说，"那么，无论如何，谢谢你。嗯，祝你生生不息，繁荣昌盛。"

"生生不息，繁荣昌盛"是杰弗里的口头禅，出自《星际迷航》或者其他什么电影。

"是的，你说得对。"他答道。

我留下杰弗里，让他独自在密布的阴云中徘徊。他是怎么了？通常他会在笔记本上画宇宙飞船或者试图用"远离"让悬在天花板上的行星向后旋转。而今天，他却一直坐在那里生气。

"好了，各位，现在是语言文学课时间，"沃恩先生说，"今天是星期五，自由阅读日，请大家拿出任何想读的书开始阅读。我也要看书了。"

沃恩先生的课程里，我一直最喜欢上的就是星期五的自由阅读课。每个星期五的语言文学课，我们都可以围坐在教室里，想看什么书就看什么书，只要不是学校的课本就行，包括沃恩先生也会自由阅读。他一直在读阿加莎·克里斯蒂的推理小说《东方快车谋杀案》。我拿出《天才神秘会社》系列的《第三岛逃犯》，翻到夹着书签的那一页。刚看到掉落陷阱的桥段时，就听到沃恩先生问教室里的一个学生："《第十七个公主》，那是什么书？"

我猛地抬起头，瑞贝卡和丹尼也呆若木鸡。

《第十七个公主》是我们的假封面。有人在班上读B.B.L.L.的书,还被沃恩先生逮了个正着!

是兰西·爱德华兹。兰西是四年级学生里个头儿最高的女孩。她惊慌失措地抬起头看着我。这本书并不是第十七个公主的故事,而是《上帝你在吗?是我,玛格丽特》。

我向她示意,让她编点什么。

兰西看了一眼封面,看看是什么假书名。

"是关于……第十七个公主的。"她说。

沃恩先生笑了:"好吧,我知道了,那么前面十六个公主有什么故事吗?"

"嗯,第一个……掉进了油锅里。"兰西说。

"天啊。"沃恩先生说。

"第二个……吃了一个毒苹果。"

"这个经典。"沃恩先生说道。

"第三个……身上坐了个巨人。"

兰西周围的孩子大笑起来。大家开始注意兰西。

"第四个……变成了狼人;第五个……被鲨鱼吃了;第六个……被自己的鼻涕噎住了。"

"噢!"大家瞠目结舌,捂着嘴笑起来。

我含住辫子。我们为什么要编一个《第十七个公主》的书名啊？

"第七个公主的脸被足球撞了一下，"兰西说，她现在已完全投入进去，"第八个公主……把舌头伸进了电源插孔里！"

孩子们欢呼起来。沃恩先生看着大家，既高兴又担心。

"第九个公主意外地坐在自己的头冠上，"兰西继续说，"第十个公主……"

"好了，好了，"沃恩先生说，"如果一直说到第十七个公主，恐怕就要下课了，其他同学都没时间读书了。真是一本奇怪的书。"他摇着头说。

沃恩先生离开兰西身旁，回到教室前面的大椅子上坐下来继续看书。我松了口气，瑞贝卡和丹尼也跟我一样。我想我们都很庆幸这本书的封面不是《闻闻我的手指》。

我正想扭头继续看书，却发现教室另一侧有人看着我，是特雷·麦克布莱德。他瞥了一眼兰西，又看了看我，然后埋头用《护身符》漫画挡住了脸。

新客户

午餐时分,杰弗里孤独地坐在那里。以前,他有那么多好朋友,他们喜欢坐在一起谈论喜欢的电影和展览。如今,已经没人愿意和他坐在一起。杰弗里似乎也希望如此。无论是谁,只要在他身边待得稍长,他都会没好气地把人赶走。

我望着教室一侧的太空实习生杰弗里,为他感到难过。他此前一直是个好人。如今,自从上次……他这样已经有一段时间了。

一切都是从那天我们一同被叫到校长办公室开始的。在此之前,他并不是一个爱发脾气的孩子。当他从办公室出来时,巴纳泽沃斯基校长对他说了什么?好像是说她确信他的外祖母是个好人什么的。

杰弗里的外祖母一定是去世了。这就是他那么生气的原因吧？我能理解他为什么疯狂，但为什么他会变得如此易怒呢？后来，我想起有一本书上提到过关于亲属去世后的一些事。有时候，人们会拒绝接受死亡这一事实；有时候，人们会把自己封闭在某个地方，什么也不想做；还有的时候，他们真的会疯掉。

事实上，我的寄存柜里就放着类似的书。

午饭后，我给杰弗里写了张便条，告诉他我想和他谈谈，然后就投进他的柜子里。放学后他拿着便条找到我。

"有什么事儿？"他问。

"嗨，杰弗里，"我不知道从何说起，"我，我知道你的外祖母去世了。"

杰弗里躲开我的眼睛，盯着寄存柜说："那又怎么样？"

"我只是想让你知道，我知道你正在经历什么。"我说。

他把目光投向我，我看到了那个因为打架而被停课的杰弗里。"哦，是的。"他说，"你外祖母也去世了？"

"没有。"我说。

"那你怎么知道？"他又问。

"但我在一本书里读过类似的情节。"我对他说。

杰弗里哼了一声,再次移开目光。我打开寄存柜把那本书拿给他。

"《熊先生的银行账户》?"他读道。

"哦,不,这只不过是我们用来掩人耳目的假封面。"我把书打开给他看。"这本书真正的书名是《仙境之桥》,我建议你看看。"

杰弗里看看我手里的书,没有什么反应。

"听起来有点儿愚蠢。"他说。

"不是这样的,这本书很棒。"我对他说,"这本书讲述了两个小孩玩游戏,一个扮演国王,一个扮演王后的故事。我想你会喜欢的。"

我把书递给杰弗里,他最终还是拿走了。

"或许,我会读的。"他说。

"好吧。"我说。我真希望他真的读。

杰弗里走后,我转过身。特雷正站在我身后,吓了我一跳。我立刻关上柜门,锁上了柜子。

"嗨。"特雷说。

"嗨。"我回了一句。我努力让自己显得不那么紧张,尽管我很紧张。他总是悄无声息地出现在我身后。

特雷站在那里等了几秒钟,看着我,什么也不说。他想干什么?第一修正案的项目已经完成了。

"我想借一本书。"特雷终于开口说。

什么?我艰难地咽了一下口水。"学校图书馆就在大厅楼下。"我对他说。

"我想和你借一本书,你的寄存柜里的书。"

"我不知道你是……"

"我想借《内裤超人》,"他对我说,"我知道你有。"

特雷翻过"#1!加油,雄鹰!"的指示牌,指着背面的禁书书单说:"绿点表示书在你这里,对吧?我想借一本。"

我脚下的流沙再次塌陷下去。特雷知道B.B.L.L.的一切!这是不是意味着他的妈妈也知道了一切?或许她知道。或许特雷发现了一切,并告诉了他妈妈,但她没有直接去找校长,而是派他借一本书,作为证据。

想到这里,我摇了摇头。我开始效仿瑞贝卡那样思考起来。

"是没有,还是你不想借给我?"特雷问道。他把摇头理解成没有。

我不知道该怎么回答他。如果我把书借给他,他再交给他妈妈,一切就都完蛋了,我会有大麻烦。但万一特雷真的想读这本书呢?这一切不就是从他在学校图书馆借阅《内裤超人》开始的吗?我是从第一修正案项目开始,才认识到真正的特雷,我开始喜欢他,尽管他在三年级的时候把我画成了一只老鼠。是他的妈妈禁止借阅这些书,而不是特雷,不是吗?也许,他根本不赞同他妈妈的做法。

也许,他真的很想看《内裤超人》。

这就是我创建禁书图书馆的初衷,不是吗?任何人都可以读那些被学校图书馆禁止借阅的图书,不是吗?

特雷失望地看着我,转身要走。

"等等,"我说,"我有一本……可以借给你。"

这些天来,我一直在脱口而出一些令人疯狂的事情。

我转动门锁,猛地打开柜门,拿出《内裤超人》。

特雷眼里放着光。"你有第四本吗?《内裤超人与恐怖的史多屁教授》?"

我有。

我最大的错误

星期一的早上，踏进学校大楼的一刻，我就知道我惹大麻烦了。

一路上，其他孩子都盯着我看，然后转过身和朋友们窃窃私语。大家纷纷主动为我让路，就好像《哈利·波特》里的巨人海格在对角巷离开人群的时候那样。我的运动鞋发出吱吱声，在安静的大厅里显得格外清晰。

一阵寒气顺着我的脊梁骨冒出来，我浑身上下起满了鸡皮疙瘩。这可和R.L.斯坦的小说《鸡皮疙瘩》不同。此刻，我放慢脚步，心怦怦乱跳。好像有什么不对劲儿，非常非常不对劲儿。

我转过拐角，看到巴纳泽沃斯基校长站在我的寄存柜旁。谢尔伯恩小学的看门人克鲁奇菲尔德先生站在她身旁，手里拿着把长柄钳。当孩子们的柜子锁死的时候，他就会用长柄钳剪开锁具。

不，我想，不，不，不，不！

"奥林格小姐，"校长巴纳泽沃斯基说，"请打开你的寄存柜。"

我忍不住哭了起来，尽管大家都在看着我。眼泪还是顺着我的脸颊奔流而下，我啜泣着。这怎么可能呢？巴纳泽沃斯基校长不是真的站在这里等我打开柜门吧？我是不是还在睡觉？我在做梦吧？我一定是在做梦！真是个噩梦！如果巴纳泽沃斯基校长真的站在那里让我打开寄存柜的话，就说明一切都完蛋了。

"奥林格小姐，如果你不打开柜子，我就只好让克鲁奇菲尔德先生切开它。"

我想说点什么，我想做点什么。但此刻，我唯一能做的就是站在那儿哭。我几乎意识不到其他孩子已经从四面八方聚集过来。

"好吧，那么——克鲁奇菲尔德先生。"巴纳泽沃斯基校长说。

泪眼蒙眬中，我看到克鲁奇菲尔德先生拿着长柄钳剪开了我的柜门锁，锁刚一松动，巴纳泽沃斯基夫人就迅速拿掉了上面的锁头。

当巴纳泽沃斯基校长打开柜门的时候，走廊里寂静无声。寄存柜门把手嘎吱的声音在一片寂静中回响，听上去就像手铐铐在手腕上的声音。我想跪下来，我的流沙在哪儿？我需要它。此刻，我只想钻进地缝儿里，永远消失；但我只能站在那儿，泪流满面地看着巴纳泽沃斯基校长从寄存柜图书馆里把书拿出来。这些假封皮完全骗不过她，她什么都知道。她一本接一本翻着，直到确认这些图书全部是从图书馆下架的书为止。

这里的书都是禁书。我的寄存柜里从上至下装满了禁书。我把装满课本的背包扔在地上。

"克鲁奇菲尔德先生，能否麻烦您把柜子里的这些书送到我的办公室？"巴纳泽沃斯基校长说，"奥林格小姐，请跟我到办公室来，我们会把你的父母也请过来。"

我麻木地跟在校长后面。我看见瑞贝卡用手捂住嘴，眼泪顺着她的脸颊流下来，看见丹尼透过一头完美的发丝，痛苦地看着我。我看见哈维、乔安娜，还有帕克、索菲亚、费丽莎和T.J.，还有一群从B.B.L.L.借过书的孩子们。他们都呆呆地看着我像罪犯一样被带走。

特雷站在走廊的尽头。他的妈妈站在他身后,双手扶着他的肩膀,她看着我的眼神,就像我刚刚给了她一巴掌。

把书借给特雷是我一生中犯的最大的错误。

人赃并获

❶ 我的父母被叫到校长办公室。妈妈不得不因此中断会议，爸爸穿着工作服，手上沾满了红砖灰。起初，他们以为是我受了伤，或者有人欺负我。他们从未想过我会惹出大麻烦。我是艾米·安妮·奥林格；我是那个一直按照父母和老师的要求去做事的女孩；我是一个从不抱怨，从不乱讲话，从不说出自己真实想法的女孩。

巴纳泽沃斯基校长给他们看了那些书。她告诉我父母我一直在做的事情。我的父母奇怪地看着我，好像从来不认识我一样。

"有一些是谢尔伯恩小学图书馆的图书。"巴纳泽沃斯基校长说。她把书摊在桌子上，旁边是一个戴着太阳镜、咧着嘴笑的香蕉玩偶。这些书里只有几本是从图书馆正常借出来的,剩下的都是我们几个从琼斯夫人的办公室拿来的。"是琼斯夫人给你的吗?"校长问。

"不是。"我说。我不想让琼斯夫人陷入麻烦。一想到这些,我比被当场抓获时还难受。

"你是说是你偷的这些书?"巴纳泽沃斯基校长说。

我没说话。

"艾米·安妮,现在不是袒护别人的时候。琼斯夫人是成年人,她要对自己的行为负责。"妈妈说。

"她不知道!"我说,"我们从图书馆拿的。如果你从图书馆借书,不能叫偷吧。这些书本来就是给我们看的。"

"'我们'都是谁?"巴纳泽沃斯基校长问。

愚蠢,愚蠢,太愚蠢!我怎么能这么说。

"没有别人,是我一个人做的。"我说。

巴纳泽沃斯基校长皱着眉说:"你不打算告诉我和你一起做这件事的人吗?"

我犹豫起来,然后坚定地摇了摇头,眼睛盯着地板,一言不发。

"艾米·安妮!"妈妈说。

我不管自己惹上多大的麻烦,但我绝对不会出卖瑞贝卡和丹尼。

"我们会找到答案的,"巴纳泽沃斯基校长说,"我们会把她借给其他孩子的书都收回来的。我们有这个非法图书馆的借书清单。"说着,她举起一摞卡片。我的书袋卡!我闭上眼睛,眼泪再次滑落。我应该听从瑞贝卡的建议:永远不要留下纸质证据。

"我会给每位父母和每个孩子写一封信,向他们解释艾米·安妮用了一种多么不正确的方式,把这些不健康的图书带到这个学校。"巴纳泽沃斯基校长补充道,"可能会涉及诉讼。你的把戏让很多人受到伤害。"

巴纳泽沃斯基校长等着我为自己辩护,但我什么也没说。永远也不会说。

"因为这是她第一次重大过错,还不会被开除;不过,由于偷窃学校财产和故意藐视维克郡学校董事会的决议,艾米·安妮将被罚停课三天。"

是与非

🚫 我不能跟着爸爸待在工地上,于是我在妈妈的办公室度过了一天。做完了沃恩先生留给我的家庭作业后,我躲在角落里看《印第安俘虏》,这是我真正从学校图书馆借出来的书。读完一遍,我又读了一遍。我发誓一定要像玛丽·杰米森一样,独自默默忍受痛苦,毫无怨言。如果说我从前一直很安静,那么从现在起,我更要继续保持沉默。多说无益!

无论如何,妈妈一天都没和我说什么。我看得出来她在考虑和我说点什么以及如何惩罚我,因为停课的惩罚力度还远远不够。当你犯错后,父母总是希望那些错事永远不会再次发生,他们往往会附加一些惩罚,提醒你要为自己的行为负责。

那天下午,我没等爸爸妈妈说话,就回到自己的房间,爬到床上,把自己埋在毯子下面。以往,阿丽克西斯会用我的床柱当芭蕾舞练习杆,但今天她不在。她为了拿她的舞裙回来过一次,然后什么也没说就溜走了。这对我来说再好不过。

我想再读一遍《印第安俘虏》,但我看不进去了。我满脑子都是向我借过书的孩子,他们会收到学校的信函,很多孩子都会惹上麻烦。都是我的错!很多喜欢我的人,现在都会讨厌我。

爸爸端着托盘送来晚餐,他让我吃完后,到厨房来见他和妈妈。

不管吃得多慢,我都无法拖延下去。吃到一半,我已经吃不下去了,是时候面对我的父母了。

我来到厨房,爸爸正在洗盘子。我坐在餐桌旁;他把妈妈叫过来,然后擦干双手。厨房里的气氛凝重,好像有人死了一样。

安吉丽娜走到厨房门口的过道问:"艾米·安妮遇到麻烦了吗?"

"是的,天才。"我想,但我什么也没说。我什么也不想说。

"到客厅去,"妈妈说,"阿丽克西斯?请过来把妹妹带走,让她待在客厅。"

他们要在没有人证的情况下处决我。

当阿丽克西斯和安吉丽娜走后,妈妈和爸爸互相交换了一下眼神。我明白他们的意思:把这件事处理完。我开始吮吸我的小辫子,但随即想到,这会令妈妈更加沮丧,于是又放了下去。

"艾米·安妮,我们不知道该从哪儿说起,"爸爸说,"我们只是对你所做的一切感到很震惊,这不像你的风格。"

我什么也没说。

"我们很失望,"妈妈说,"我们期望你能做得更好。我们期望你给妹妹们做个好榜样。"

我以为我已经没有眼泪了,但我还是开始哭起来。

"另外,"爸爸说,"我们为你的立场而感到自豪。"说到这里,妈妈和爸爸又交换了一下眼神,"坦率地说,我们很担心,你从来不为自己辩护,从不说什么。"

我呜咽了一声。"因为没人听我说话,即便我说出来又有什么用?"我这样想着,但我什么也没说。

"把什么都憋在心里并不健康,"妈妈说,"我们认为,有时候你有必要表达自己的想法。"

"或者什么是对的?"爸爸说,"我们也不赞成校长和学校董事会关于那些图书的处理意见。"

我用手擦了一下鼻涕。我不敢相信听到的一切。我难道不会受到更多的惩罚吗?

"但是表达想法的方式有正确的,也有错误的,"妈妈说,"寄存柜图书馆就是个错误的方式。"

是的。所以,我最终还是会受到更多的惩罚。

"你违反了规则,孩子。"爸爸说。

"不管是对是错,既然学校董事会做出了决定,他们认为那些书不适合小学生阅读,你必须尊重这个决定。"妈妈说,"你不能只是因为觉得一个成年人的做法是错误的,就去按你自己的想法去做。"

但是,如果成年人错了怎么办?爸爸和妈妈只是说他们不赞成学校董事会的意见。如果成年人没有按照他们的规则做事呢?那孩子该怎么做?只能放弃或者按成年人说的去做?我想和他们争辩,但我没有。我只是坐在那里,盯着餐桌。

"我们会处理这件事带来的问题,"爸爸说,"我想校长说的关于诉讼的问题有点儿过分了。但我确实认为会有一些家长感到愤怒,比如那个在学校董事会上发言的小女人肯定就很不高兴。"

事实上，我真的不关心斯宾塞夫人的感受，也不在乎她那个愚蠢儿子的感受。

"我们还有些话想和你说，艾米·安妮，"妈妈说，"还有一些事情给我们带来了困扰。在和巴纳泽沃斯基校长的谈话中，我们还了解到你没有参加任何你对我们说过的课后活动。"

我顿时感到天旋地转。这个问题的严重性恐怕已经远超 B.B.L.L. 事件了吧？这完全出乎我的意料。

"如果你没有参加任何课后活动，那么为什么你放学后那么晚才回家呢？"爸爸疑惑地问。

"因为我需要独处时间！因为我找不到一个安静的地方，可以让我蜷缩在角落里读书！"我本想告诉他们这些心里话。

但我什么也没说。

"艾米·安妮，撒谎这件事比其他任何事情对我的伤害都大。"妈妈叹着气说。

我又哭起来，不敢正视他们。对他们撒谎令我感到很不舒服。

"爸爸和我决定罚你一个星期不能出门，"妈妈说，

"我们知道这对你来说没什么大不了,因为你可以坐在房间里看书。因此,我们将不允许你看学校课本以外的任何其他书籍。"

这惩罚让我头晕目眩。一个星期不能看课外书?那我还能干什么?我如何才能活下去?如今,我被停课,学校里的每个人都会因此厌恶我,我无处藏身,我现在只剩下书了。泪水顿时充满了我的眼眶。

这时,电话铃响了,爸爸起身去接电话。

"喂?是的……哦。不,我不认为这是个好办法……不,非常感谢,但是请不要。"他挂断了电话。"是地方新闻节目,"他叹着气说,"事情传开了。他们打电话是想看看能否就寄存柜图书馆事件采访艾米·安妮。"

"太棒了,"妈妈说,"这正是我们眼下需要的。很好,艾米·安妮。回你的房间去。明天我会带你再去我的办公室。你带上课本,但不能带其他书籍。明白吗?"

我点了点头,匆匆跑掉了。

回到房间,阿丽克西斯不在里面。我一头倒在床上,把脸深深地埋进枕头里痛哭起来。我把一切都毁了。一切!我的朋友们不会再搭理我了,我的父母也不会再相信我，不会再有人认为我是那个他们常常说起的好女孩。

大狗们来到我的床前，把湿乎乎的鼻子贴在我的脖子上，努力安慰我。

"艾米·安妮？"

是安吉丽娜的声音。她站在房间门口。大狗们一定是她带过来的。她和阿丽克西斯一定乐坏了吧。

"走开。"我对她没好气地说，我的脸依旧藏在枕头里。

大狗们躺在我身边，房间里静悄悄的，我猜想安吉丽娜一定已经走了。接着，我感到有人在推我的胳膊，毛茸茸的，柔软的东西，不是狗。我睁开眼睛。

安吉丽娜走了。但是，为了让我感觉好些，她把她平时最喜欢的毛绒小马留在了我身边。

最新受害者

那天晚上，当客厅里的电视播放谢尔伯恩小学的新闻时，我正在房间里盘算着如何能像《天使雕像》里描写的那样，逃到卡梅隆乡村图书馆。夜深了，我生日那天收到的礼物，那个崭新的夜光闹钟显示已经是11:10了，阿丽克西斯已经睡着了。我偷偷溜下床，踮起脚尖，蹑手蹑脚地走过去，偷偷看电视。电视里正播放着我们学校的照片，旁边有一位女士在解释关于寄存柜图书馆事件。他们甚至播放了我学年册上的照片！我差点儿叫出声，但我立刻捂住嘴巴，以免被爸爸妈妈听见。沙发上，妈妈把手放在额头上，看起来有点儿头疼。

接着，斯宾塞夫人出现在画面中。她说："四年级的孩子没有足够的能力做出决定，这就是他们需要父母监护的原因，同时也是学校董事会存在的原因。学校董事会已经通过了决议——这些书籍不适合小学生阅读。为了保护孩子们,图书馆已经把这些书清理出去了。"

当记者问到这一切是如何开始的,比如斯宾塞夫人为何建议董事会拿走这些书的时候,画面切换到琼斯夫人的照片。

"争论的焦点源于谢尔伯恩图书馆馆长欧珀·琼斯博士,她一贯主张所有学生都可以阅读这些图书。"

这时,琼斯夫人身着蓝色波点裙出现在采访中。"每位家长都有权决定他们的孩子可以或不可以读什么书,但他们无权为别人做出决定。"她说。这和她在学校董事会上的发言一模一样。

"今晚,琼斯夫人成为观察家们所说的'书籍之争'的最新一位受害者。"记者说道。

不久,报道切换到一位身着西装的男士那里。名字下面清晰地标注着他是学校董事会成员。

"不管是蓄意,还是工作疏忽,琼斯博士让这些禁书在学校传阅的事实严重违反了董事会的禁令。因此,我们终止了她的工作合同。"

她的工作合同被终止了,这意味着她被解雇了。

琼斯夫人被解雇了,都是因为我!

荣归

复课的第一天，爸爸开车送我上学，这样我就不必自己坐公交车了。我不想坐在瑞贝卡和丹尼假装不认识我的公交车上。他们可能仍然喜欢我，但我现在是个会给每个人带来麻烦的女孩。他们不能再和我待在一起了，否则他们也会被大家讨厌。我不会责怪他们，但我就是受不了。第一天复课，我无法承受。

爸爸知道我害怕重返校园。他甚至没有提醒我不要咬辫子。不知道他是有意还是无意，但在第一遍上课铃声响起的那一刻，他吻了我一下，然后让我下车。当我走进学校大厅的时候，其他人已经开始上课了。虽然迟到了，但我并不像以前那样担心，反正我已经不再是以前那个好女孩了。我刚被停课三天，准时上课已经不再重要了。

来到寄存柜旁,我很高兴没人在场。每天上学,我都会径直来到我的寄存柜旁,打开密码锁。不过,当然,现在密码锁没了。克鲁奇菲尔德先生把它切断了。瞬间,我仿佛回到了三天前,我正站在现在的地方,看着巴纳泽沃斯基校长打开我的柜子,拿出那些禁书,我流着泪站在所有人的面前。

我又哭起来,但还好,只掉了一两滴眼泪。我用手背擦干眼泪。我必须再次打开柜子,把书放进去,然后去上课。至少此刻,我的柜子空出来了,我再也不用把课本拖来拖去了,我可以把它们统统放进寄存柜。

但是,我的寄存柜里不是空的,我看到里面居然塞满了便笺纸。在我打开柜门的一刻,纸条像雪片一样散落一地。原来,我的寄存柜信箱早已被塞得满满当当的,纸条堆积如山。我打开一张用粉色圆体字母写的便条。

AA——
 我为你被停课而感到难过!!!!!! 忍耐一下。
 ——乔安娜

另一张纸条上写着:

亲爱的艾米·安妮：

我父母收到了学校的信，说我借阅了B.B.L.L.的图书，但他们不介意。很遗憾这件事导致你被停课。香蕉校长是个蠢蛋。

凯文

所有便条上的内容基本类似。四年级的学生们给我留言的内容都是关于他们为我被停课的事情感到难过；巴纳泽沃斯基校长和学校董事会的决议是错误的；他们的父母收到校长的来信但并不介意，或者他们不在乎父母是否为此不快之类的。

我坐在地上，一张接着一张翻看着，边看边哭，但不是因为悲伤而哭泣，而是为有这么多善良的同学而感动得流泪。

我把这些纸条和课本一起塞进柜子里，擦干眼泪，打开门走进沃恩先生的课堂。我走进教室的时候，沃恩先生正站在教室中央朗读新词汇。大家转过身，看着我。瑞贝卡尖叫着，跳起来，从教室一侧冲过来拥抱我。丹尼也走过来，微笑着站在一旁。除了特雷，其他人都在欢呼雀跃，为我鼓掌。

我被班上孩子们的反应吓了一跳,我曾以为每个人都会讨厌我。

"我试着打过电话,但你妈妈说你被禁足了!"瑞贝卡说。

"你看到那些留言了吗?"丹尼说,"我把你被停课的真相告诉了每个人。"

大家七嘴八舌,我根本没机会回答他们的问题。沃恩先生让大家安静下来,回到座位。"好了,好了,"他说,"欢迎回来,艾米·安妮!你都看到了,大家都很想念你,包括我。现在,大家继续把精力放在新词汇上来,下一个单词'valiant'(勇敢的)。"

一有机会站起来随便走动,瑞贝卡、丹尼和其他几个同学就会赶紧跑过来找我。我本来担心沃恩先生会再次提醒我们保持安静,并把我们分开,但他假装专注地忙着什么,没注意到我们。

"我在新闻里看到你的照片了!"丹尼说着,拨了一下脸上的头发。

"你听说了吗?琼斯夫人被解雇了!"瑞贝卡说。

"我知道。"我说。一提起这件事我就心痛。"你们遇到麻烦了吗?"

"没有,"丹尼说,"我是说,我们和其他人一样都收到了学校的信,仅此而已。"

"学校会召开一次特别的董事会会议,"有人在一旁说,"妈妈说我可以参加!"

"我也是!"其他几个孩子也说道。

"现在,我们该做点什么?"丹尼问我。

"什么意思?"我不解地问。

"下一步怎么办?"瑞贝卡说,"怎么才能让禁书和琼斯夫人回到图书馆?"

让琼斯夫人和那些禁书回到图书馆?这怎么可能?我不知道他们是怎么想的?一切都结束了。B.B.L.L.关门了,我的一切也结束了。

但我什么也没说。只说了一句:"我,我不知道。"

"那么,就等海伦来吧,"丹尼说,"他们会后悔的。"

"我们不必等海伦来,"瑞贝卡说,"我们有艾米·安妮。"

沃恩先生咳嗽几声,提示我们是时候回到正轨了。瑞贝卡和丹尼笑着走开,这让我感觉更糟糕了。当大家意识到我对这一切无能为力——我们都无能为力的时候,他们会怎么看我?

我抬起头，看见特雷在一旁看着我。我攥起拳头，血向上涌。在我被停课的三天里，我从一开始的难过，到后悔，再到无助，然后是沮丧。但如今，我只剩下疯狂，我甚至想着如何让特雷吃我一拳，哪怕付出再次被停课三天的代价也是值得的。

镜像宇宙

🚫　我正想着穿过餐厅给特雷一个教训或者让他吃上一拳的时候，杰弗里·冈萨雷斯突然出现在我面前，就像他痴迷的那些科幻小说中的瞬间传送一样。我差一点儿就把他撞倒了。

"嗨，艾米·安妮。"他叫住我说。

"嗨，杰弗里，"我说，"很抱歉，我正想去给某人一拳。"

杰弗里紧张地看看身后，不知道我说的是谁。"哦，好吧，"他说，"我只想对你说，我很抱歉，让你被罚停课。"

我停下脚步，诧异地说："什么？"

"我很抱歉，让你被罚停课。"他重复着。他看起来很担心我会给他一拳。

"你怎么会让我被罚停课的?"我不解地问。

"是因为你借我的那本书《仙境之桥》,我看了这本书,并且让我想到了外祖母。我外祖母去世了。看完那本书,我只是,我真的很难过。"

我的心一沉。我感到害怕。我并不希望这本《仙境之桥》让他变得更糟糕。我以为失去了某个亲人的人阅读这本书后就能明白一个道理:即使有人离世了,他也不会因此而孤单。或许,这本书可以让人从悲伤中走出来。

"不,不是那样的,"看到我一脸担心,他赶紧解释说,"我的意思是,我忍不住哭了起来。那时,我爸爸妈妈正好走进我的房间,我一下就发泄出来。自从外祖母去世,我从没哭过。我想我需要发泄一下。无论如何,爸爸和妈妈发现了这本书。他们给校长打了电话,但不是因为他们失去了理智,他们打电话本来是想感谢琼斯夫人借给了我多么棒的一本书。"

我的脑海里顿时呈现出那一幕:杰弗里的父母给校长打电话,告知她琼斯夫人如何用一本恰当的书帮助杰弗里走出悲伤。哦,这真是太奇妙了!巴纳泽沃斯基校长会说。什么书?《仙境之桥》,他们回答。巴纳泽沃斯基校长的警钟顿时响起,她听说过这本书,在禁书之列。于是他们去找琼斯夫人,琼斯夫人说自己从未借过这本书;他们来到后面的书架,发现书不见了,那么杰弗里从哪里拿到的书呢?

"他们让我说实话!"杰弗里说,"我很抱歉!我从未想过让你惹上麻烦,我的父母也没想到。他们也深感抱歉。他们说他们会给你的父母打电话,让他们知道这一切。"

我看着对面正在素描本上画画的特雷。就在一分钟之前,我还因为他的出卖恨不得杀了他。但事实证明,他和此事毫无关系。

"没关系,"我对杰弗里说,"我很高兴你能好起来。你沉浸在悲伤中很久了。"

"我知道,"杰弗里说,"那是镜像宇宙中的我。"

"镜像宇宙的你?"

"是的,"他说,"在《星际迷航》里有镜像宇宙,每个人在宇宙中都有一个相反的自己。因此,如果你在这里是好人,在那里就是坏人。镜像宇宙的杰弗里接管了一段时间,但现在杰弗里回来了。"

杰弗里笑着用手指比了个 V 字向我致意,并对我说："生生不息,繁荣昌盛。"

"你也一样。"我笑着说。

我改变了路线,没有过去找特雷,而是加入取餐队伍中,幻想着镜像宇宙中的艾米·安妮是什么样。哪个世界的我是好的,哪个世界的我又是坏的呢?是那个从不表达自己想法的,从不惹麻烦的艾米·安妮?还是那个拒绝接受学校董事会决议,并为此做了些好事的艾米·安妮?

最佳方案

琼斯夫人离开后,图书馆变成了一个完全不同的地方。

我站在防盗探测护栏中间,即使刚进门,我也能清晰地感受到不同。图书馆里静悄悄的,静得让人悲伤。这感觉令我心痛不已,就好像刚从自行车上摔下来,又被大风吹倒在地的那种钻心的痛。图书馆是这个世上我唯一热爱的地方,唯一一个属于我的地方,尽管其他人也会来这里。学校图书馆就是我的家,但如今,它不再是我的家,也不再是我的图书馆。

我不想再踏进这里一步,但我需要归还《印第安俘虏》这本书。我蹑手蹑脚地来到前台。前台站着一位女士,是她取代了琼斯夫人。她和琼斯夫人一样,是一个高个子白人,脖子上同样挂着带链子的眼镜,只不过她的镜框是方形的。她的身上穿着和琼斯夫人一样的彩色连衣裙,只不过是红白条纹相间的图案,而不是波点裙。

她把视线从名人八卦杂志上挪开,抬起头,看着我说:"有什么需要帮忙吗?"

真是让人毛骨悚然。坐在这里的应该是琼斯夫人,不是她。随后,我一下子想起来她是谁:她是琼斯夫人的镜像!

"我只想还书!"我说着就把书扔到前台,跑掉了。

路上,正好撞到特雷·麦克布莱德。

我们俩差点儿摔倒,他随身携带的一摞文件也散落一地。

"对不起!对不起!"我急忙说。

"嘘!"镜像琼斯夫人说。真正的琼斯夫人从来不会在图书馆里如此对待我们。

我赶紧弯下腰帮特雷捡文件,直到我最终看到捡起的纸上写着什么。

"等等,这是什么?"我问他。

"是……"

"是《复议申请表》。"琼斯夫人以前总是告诉特雷的妈妈，如果她想下架某一本书，就要先填好这张表格。我快速浏览了一下申请表。每张申请表上都填写着不同的书名，这些书并不是被禁止的那些书。还不止这些，这些申请表上的诉求是把所有书都从图书馆拿走。然而，这还不是最糟糕的部分，最糟糕的是表格不是斯宾塞夫人填的。

"这是你的笔迹？"我诧异地问。

"不要说话！"镜像琼斯夫人又喊了一声，把我吓一跳。

我把文件塞到特雷手中，把他推到大厅里。

"你比你妈妈还坏！"走出图书馆后，我朝他大喊。

"我……"特雷开始解释。

"图书馆的书已经被你妈妈禁了一半，这已经够糟糕的了；如今，你又想禁另外一半吗？"我愤怒极了。我不知道这是镜像艾米还是真实的艾米，但艾米已经回来了，她不想再保持沉默。

"你……"特雷想说什么，但是被我打断了。

"最初，我讨厌你，"我对他吼道，"是因为去年你把我画成一只老鼠，深深地伤害了我。后来我们不得不一起研究《权利法案》项目，我开始了解你的与众不同,并开始喜欢你。接着,我以为你出卖了我,毁了寄存柜图书馆,所以我再次讨厌你。"

特雷皱着眉说:"但是……"

"接着,我发现不是你让我惹上的麻烦,我又开始喜欢你。如今,你竟然这么做!"我一把夺过他手里的文件,大声读着他想禁的图书书名。"《猎犬雷霆》?《魔柜小奇兵》?《布莱德恩编年史》?《我的老师是外星人》?你不是在开玩笑吧?"

"你最好让我把话……"

"当你质疑图书馆里的每一本图书时,会发生什么?"我质问他,"会怎样?特雷?让我告诉你:你质疑每一本书,只是因为你想到的每一个愚蠢的理由;此后,图书馆里一本书都不剩,从此大家再也无法借阅图书。"

"非常正确。"特雷说。

"你说什么?"我大喊起来。我完全不能理解。他真的要这么做?

"你说完了吗?"特雷说,"现在轮到我说了吧?"

我困惑地点了点头。

"好吧,首先,你因为去年我把你画成老鼠而讨厌我，对吧？"

我的脸颊发烫。我不敢相信我居然说出了我的想法。不过，我现在是一个崭新的艾米·安妮，一个不再沉默的我。我深深地吸了一口气。"是的，"我回答，"你把我画成了一只老鼠！"

"在看书的老鼠。"特雷说。

"只有我是一只老鼠！其他人不是狮子就是老鹰，或者猎豹什么的！老鼠是……"

"安静又羞怯。"特雷补充道。

我气恼地说："是的。"

"你就是如此。我的意思是，你现在变了，"他边说边抻平刚刚被我揪皱的衬衫，"你经常钻进书里，什么也不说。不管别人和你说什么，你好像都在用大脑和别人对话，但你从来不会大声说出来。"

"真是疯了，"我想对他说，"我没有用大脑和别人交谈！"随即羞得满脸通红。他说得对。我一向如此——甚至现在都在这么做。

"你说得对。"我说。我不想承认，但这是事实。

"很抱歉，我伤害了你，"特雷说，"我不是那个意思，那只不过是我眼中的你。现在，我不会再那样画你了。"

"好吧,那么《复议申请表》是怎么回事儿?"我接着问。

特雷笑了。"还有什么更好的方法能向大家说明禁书的做法是多么愚蠢吗?这样总比让他们接二连三地颁布禁书好得多。一旦有一本书被下架,后面会有更多的书被下架,或许是全部。"他边说边整理怀里那些乱七八糟的文件。"这只是开始。等我弄好了,谢尔伯恩图书馆的书架上就会空空如也。我们就等着电视台的人扛着摄像机过来就好了!"

"那么,你不是真的想提议禁止这些书,对吗?"我追问道。

"我从未想过禁止借阅任何一本书,"特雷说,"这只是我妈妈的想法。我喜欢《内裤超人》,我正试着画一本和它类似的漫画书。"

当然。特雷的妈妈以前并不知道《内裤超人》这本书,直到那天特雷从图书馆借阅这本书。每次我看到特雷的时候,他都在专心画画。这一定就是为什么琼斯夫人会把他介绍给皮尔奇先生的原因吧!琼斯夫人知道特雷正在画一本类似《内裤超人》的漫画书。

"我很抱歉,"我愧疚地对他说,"我一直以为你和你妈妈的想法一致。"

"别人也这么想吧?"特雷说。

我看着他手里的文件,点了点头。"如果你这么做,如果你让所有书都被禁,每个人都会认为你和你妈妈的想法一致。"

特雷耸了耸肩,说:"现在这一切都无所谓了。因为她,早就没人喜欢我了。"

我感觉糟透了。我和所有人一样——因为他的妈妈的过错,而一直在责怪他。

"这就是我要做的,"特雷坚定地说,"或许有一天,大家终究会明白我为什么这么做。当然,如果我还没死。"

"这里的书成千上万,"我说,"你至少要花一整年的时间。而且,可能还没等你准备好,他们可能就知道了。"

特雷又耸了耸肩,说道:"我必须做点什么。"

我完全理解他。就像我当初创办 B.B.L.L. 时那样,我们的想法一模一样。

"不要马上提交,"我对他说,"现在不是时候,全做好了一起交。"

"什么时候?"特雷说,"你也知道这需要花上很多时间。所以,就从现在开始吧。趁现在大家还在关注这件事。"

"我知道,"我说,"这就是为什么我们需要寻求一些帮助。"

"我们?"特雷不解地问。

"我们!"我毫不犹豫地点了点头。

24个响屁

这一天沃恩先生的课在图书馆进行。我们本应该寻找新书来阅读，但B.B.L.L.董事会有些新计划。我、瑞贝卡还有丹尼在书堆里碰头，并尽可能远离镜像琼斯夫人。第一个议题就是董事会将增加一名新成员——特雷·麦克布莱德。

"特雷？"丹尼疑惑地问。

特雷站在那儿，尴尬地看着我们。

"不是他在禁书，是他妈妈，"我说，"还记得吗？你曾经问过我接下来做什么？他已经有计划了。我提议特雷成为B.B.L.L.董事会新成员——我们的图书质疑协调员。"

瑞贝卡和丹尼立马来了兴趣。全票通过！

"那么，来看看接下来我们要做些什么，"我对他们说,"我们将致力于禁止借阅图书馆的每一本书。"

"禁止借阅每一本书?"瑞贝卡说。

"嘘!"镜像琼斯夫人叫道,"不要说话。"

我把 B.B.L.L. 董事会转移到图书馆会议室,这样我们就可以毫无顾虑地自由交流。我向他们解释说明详细计划,瑞贝卡和丹尼听完非常开心。我早料到他们会喜欢的。

丹尼捋了一下挡在眼前的头发,说:"但我们怎么能从每一本书里发现问题呢?"

"相信我,"特雷说,"只要你想找,总能找出各种疯狂的理由。我在互联网上查到一些质疑,最简单的是有巫术和超自然的内容,有不良词汇的,有暴力的情节的,有关于性的内容的。"说到最后一点的时候,特雷的脸红了,我们几个都不约而同地把视线转向其他地方。

"很多书里面都会有,"瑞贝卡说,"但不是全部。"

"不过,看看这个,"特雷打开桌上的一张纸,"《笨人一族》之所以被质疑,是因为'强化消极行为'和'可能会引导孩子们不听父母的话'。这是一本谜语书,被禁原因是它让猜不出谜语的孩子们感到沮丧。《我的老师是外星人》被禁的原因是'主人公总是靠自己解决问题,而不是依靠别人的帮助'。还有一本,原因是'毁坏财产''教孩子说谎''令人沮丧的''反家庭的''猥亵的''扭曲的''太成熟了''太幼稚了''语法太糟糕了''没营养''二十四次提到了"屁"这个字',等等。"

丹尼鼻子哼了一声,问:"那是什么书?"

"《臭屁狗瓦尔特》。"

"嗯,这倒没错。"丹尼说,我们都点了点头。

"你们看,关键一点是,一旦你禁掉一本书,其他人也都能找到理由禁另外一本书。"我点着头,赞许地看着特雷。

"甚至包括《聪明的沃里》,这本书被禁是因为有人发现里面有一个女人脱掉了上衣,脸朝下晒日光浴。只要像他们那样思考,到处都能找到困扰他们的东西。"

"那么,我只要装成我的祖母就行了。"

"或者我妈妈。"特雷调侃着说。

等待诉讼

一旦开始寻找各种禁书的理由,便仿佛进入了一个奇妙的游戏,那感觉简直妙不可言。

任何带有女巫、巫师、南瓜灯、恶魔或者神一类字样的:再见。《哈利·波特》《波西·杰克逊》《阿特米斯》以及《纳尼亚传奇》,统统再见吧。

任何关于性和人体或者繁衍一类字样的书籍:再见。

"这本书里写着'哦,上帝',"丹尼说,"除非祷告的时候,我妈妈不让说'上帝'这个词。"

"禁。"我对他说。

"这本书首页就有不良词汇!"特雷说。

我看了一眼封面。这是一部纽伯瑞获奖作品。我对特雷说:"是的,只要是书皮上带有任何获奖奖牌的图书,都能很容易就找到禁止借阅的理由。赶紧填张表格。"

"嘘！不要讲话！"镜像琼斯夫人喊道。

接下来的整个星期，我们都在安静而迅速地为禁书而工作。《美国南北战争史》，太血腥了；《纳粹大屠杀》，太压抑了；那本关于疾病的书，太吓人了；关于狮子那本书，太暴力了。每天晚上，我都会带回一摞《复议申请表》堆在卧室里。我们打算把这些表格带到下次的学校董事会会议上。当电视台的摄像头对准会议室的时候，好戏就将在那里上演。然而，这学期我们只剩下四天就放假了，可还有很多书要禁。

幸运的是，我们有瑞贝卡。每当我们质疑一本书的时候，她总能让我们眼前一亮。每当我们黔驴技穷的时候，她马上就能给出合适的理由。我想，这得益于她一直在按照律师的标准在训练自己。

"《罗拉克斯》？言语中伤。《罗拉克斯》从消极的角度描写伐木工人和木材行业。"

"《晚安月亮》？房间里有老鼠违反了健康准则，那个红气球还容易导致窒息，看看后面插画家的照片——他拿着一根香烟！这会让幼儿园的孩子们误以为抽烟很酷。"

"哦，别让我讨论《糊涂女佣》系列。显然她患有阿斯伯格综合征,然而书中仍然鼓励孩子们嘲笑她?这本书给孩子们传递了什么信息?"

"这个图书馆就等着被起诉吧!"瑞贝卡对我说。她说这话的时候,我看到她眼里闪过一束光。

"嗯,瑞贝卡,你还记得我们这么做是为了什么,对吧?我们不是真的要禁这些书。"

"是的,当然知道。"瑞贝卡说。她看起来有点儿不好意思,然后又津津有味地回到禁书的话题上。

所有被质疑的图书,事实上就是因为每个人读书的角度不同。这没什么不可以的,每个人都有权利按自己的想法去理解。然而,他们没有权利告诉别人他们的想法是唯一正确的。

三天后,我们一共为五百本图书填写了《复议申请表》。当然,图书馆里的书远不止这些。但是,即便我们拥有超级大律师瑞贝卡,这些也已经是我们所能做到的极限了。

在电视节目中质疑五百本图书,提出我们的观点,这些已经足够精彩了。一切就绪!

接着,灾难就要降临了。

我所说的灾难是指我的妹妹们,她们就是灾难。

拥抱混乱

那天下午，我很乐于接纳家中的混乱。爸爸唱《费加罗的婚礼》时，我和他一起翩翩起舞。我带着弗洛特和杰特玩追逐游戏。甚至阿丽克西斯在我们的房间里跳芭蕾，安吉丽娜像小马一样四蹄着地地跑来跑去，都没有让我感到心烦意乱。晚餐前，我坐在厨房的餐桌旁，不等别人提醒，我就开始努力地写家庭作业，我甚至不介意解答数学分数题。什么都不会破坏我的好心情！明天晚上，我和瑞贝卡、丹尼，还有特雷就要向学校董事会展示：他们的禁书决议是多么愚蠢。我们要展示给所有人看。

晚餐时分，我把书本收拾干净，送回房间。经过安吉丽娜的房间时，我不由得停下来，惊讶地摇了摇头——安吉丽娜把她的房间变成了一座马厩，一座疯狂的马厩。屋子里到处散落着用废打印纸做的干草堆，书架上、拉出来的梳妆台抽屉、床上全都是碎纸，比我以前任何时候看到的都多。当爸爸妈妈要求她清理干净时，她还在打滚儿，但即便她耍脾气都没能让我产生要逃走的想法。明晚我不会逃走。不过，这确实提醒到我，为学校董事会准备的那个大计划中，有一个小细节被忽略了。

"明晚我需要你们开车送我参加学校董事会会议。"晚餐的时候，我对父母说。

爸爸妈妈对视了一下，放下他们刚刚谈论的话题。

"你确定那是个好主意吗，艾米·安妮？"妈妈说。

我瘫坐在椅子上。每次他们不赞成我的意见时，他们总是这么问，就好像如果我再想想，就会改主意一样。不过，我已经想过无数次。

"你们说过希望我能为自己说话，"我对他们说，"但我必须通过正确的方法为自己辩护。好啊，正确的方法就是参加学校董事会，告诉他们禁书是错误的。"

妈妈和爸爸互相看了看。我能理解，他们立场不明。

"你们说过，你们也不赞同禁书的做法，"我接着说，"如果没人参加会议，大家都一言不发，他们可能会变本加厉。"

爸爸叹了口气。"明晚超级忙,"他说,"阿丽克西斯上芭蕾舞课,安吉丽娜参加读书俱乐部……"

"阿丽克西斯一直都上芭蕾舞课,安吉丽娜甚至不看书。她们可以暂停一次。"

妹妹们立即叫喊起来。

"我的排练一次也不能错过!"阿丽克西斯抗议,"杜邦夫人说只要缺席一节课——"

"我会看书!我会看《叽喀叽喀碰碰》!"安吉丽娜说,她开始背诵里面的话证明自己。

"够了,够了!"爸爸对她们说,"你们可以走了。"

阿丽克西斯还想争论下去,但爸爸向她保证我们会解决这些问题,然后把她们打发走了。她跺着脚走回我们的房间,用床柱当她的芭蕾舞杆练习去了,安吉丽娜走来走去地哼着《叽喀叽喀碰碰》里的歌曲。

妈妈靠在那里,搓着额头。"我想我们打听过这事儿。"她说。

"明天晚上的董事会会议,电视台会来拍摄,艾米·安妮,"爸爸说,"你确定你要这么做吗?"

我知道爸爸是什么意思。上一次的董事会几乎没几个人参加,我都没能鼓起勇气站起来表态;明天晚上,会有很多人参加会议,还有很多人坐在电视前面观看直播。一个小怪物在我的胃里来回啃啮着我,让我焦灼不安。但我不想再做一个沉默的好女孩了。至少这次不是。

我点了点头。我确信。

"好吧,"妈妈说,"我们想办法送你过去。"

我如释重负。为了明天那个重要的夜晚,一切准备就绪。我向特雷承诺过,稍后会打电话给他,但在此之前,我要先回到房间,往大盒子里再填上几份《复议申请表》。

但是,当我走到那里时,盒子不见了。

灾 难

我顿时惊慌失措,翻看床底下,再看看书架上,然后是我的背包。但是,哪儿也找不到那个装表格的大盒子。我记得很清楚,我就把它放在床边了。可它不见了。

我走到阿丽克西斯身边,她正扶着我的床杆练习芭蕾。"我的《复议申请表》呢?"我气哼哼地质问。

"什么?"她没好气地说。她对我刚才的停课提议而愤愤不平。

"就是那个我去厨房写作业前,放在床边的大盒子。"我对她说。

"哦,那个吗,"她说着,伸出一条腿,划了个大圈。"我挪走了,我需要更多的空间练习脚尖划圈的动作。"

"你放哪儿了?"

"妈妈的办公室，"她说，"和那里的文件盒堆一起了。"

我转身穿过走廊，一溜儿小跑来到身兼健身房、办公室、客房以及储藏室的屋子，我很恼火阿丽克西斯动了我的东西。她说得没错，盒子确实在那里。

但是，里面是空的。

"阿丽克西斯！"我大喊，"阿丽克西斯，你拿我的《复议申请表》干什么去了？"

阿丽克西斯跑出房间。"我告诉过你了！我把它们放到办公室了！"她同样大喊着。

"盒子在这里，但里面的文件没了！"我对她说。

"可是，我放过来的时候，它们还在啊！"

这时，我才意识到空盒子所在的地方。

是的，旁边是碎纸机。

"不，"我说，"不，不，不，不，不！"

妈妈从客厅跑过来。"你们在喊什么？"她问。

我从她身边跑过去，冲向安吉丽娜的房间，她正躺在一堆碎纸里，像一匹小马一样在干草上睡觉。我一把抓起碎纸片，抽出一些，试着读上面写的字。

"嗨！那是我的干草！"安吉丽娜大喊。

我又抓起一把一把的碎纸，上面满是切碎的黑色印刷字体和蓝色或黑色的笔迹。其中一张纸片的顶端是字母REQ，还有一张底部是我的签名的后三个字母——ger。不，不！

"那是我的！"安吉丽娜尖叫着，"那是我的！你不能碰！那是我的！"

我狠狠地把碎纸片扔在地上，抓住安吉丽娜的衬衫，怒吼着："这不是废纸！你撕碎了我的《复议申请表》！"

安吉丽娜号啕大哭，就好像我打了她一样，这让我更想干点儿什么。但在还没动手之前，爸爸、妈妈和阿丽克西斯跑到门口。

"怎么啦？"爸爸问。

"一切都毁了，毁了！她把我的《复议申请表》全撕碎了！那是我要拿去参加明天的董事会会议的！我们的整个计划！我们花了一个星期的时间填表，现在全毁了！"

我用力踢着那些碎纸片，瞬间，它们就像雪花一样在空中飞扬。安吉丽娜躺在地上抽泣起来。

"我恨你！"我冲她尖叫着，"我恨你们所有人！

我讨厌这个愚蠢的房子和房子里的每个人!"

"艾米·安妮!"妈妈呵斥道。

当我从父母身边跑开时,阿丽克西斯和狗退缩到我身后,我穿过走廊回到自己的房间。就这样,我完蛋了,我要离开这里。

我从壁橱里拉出以前去奶奶家时用的箱子,把它扔在床上。我把衬衫、裙子和短裤、袜子塞进箱子,还有我最喜欢的毛绒动物玩具,我去年在迪士尼买的美女雕像,二年级时获得的阅读勋章,B.B.L.L.用来买书的那点钱,几本我喜欢的书——包括《天使雕像》。我不知道自己该去哪里,但我不介意,只要能离开这个可怕的家。

"艾米·安妮在装箱子!"阿丽克西斯在门外喊道。她看起来有些害怕,在她身后是神情紧张的狗,它们耷拉着尾巴。很好,我想。我希望走后它们能想念我。

我拖着箱子走到走廊。"我走了!"我说。

阿丽克西斯跟在我身后抽泣着,但爸爸和妈妈既没有哭也没有阻止我。这让我更加发疯。我从走廊冲到前门,但安吉丽娜从房间冲出来,抱住我的腿。

"不,不,艾米·安妮,别走!对不起用了你的纸!

别走！"她哭着说。

我想把她一脚踢开，但她个头儿太大，我拖着她往外走，仿佛脚上拴着一个铁球和一根链子。安吉丽娜边哭边紧紧地拉着我。

爸爸双臂交叉，斜倚着安吉丽娜的门框。"你不觉得你做得有些过分吗，艾米·安妮？"他生气地说。

我停下来。我有太多话想说，想对他们每个人说。好女孩艾米·安妮只会在她的脑海里说那些话。但是，我已经不再是一个好女孩了，我大声说出了心里话。

"不，"我说，"不，我不过分。我一直都在做我不喜欢做的事情，就是为了让你们每个人都开心。总是'艾米·安妮，摆一下桌子'，'艾米·安妮，让你妹妹用你的书当篱笆'，'艾米·安妮，让你妹妹用一下你的床'，但当我每次想做点什么的时候，就只有'艾米·安妮，做个乖女孩，就那样吧'。

"我厌倦了，因为阿丽克西斯嫌热，我就要坐在车上太阳暴晒的地方；我厌倦了，因为最后一块饼干要给安吉丽娜，我就只能吃布丁；我厌倦了只能看《我的小马》，而不能看《大草原的小屋》；我厌倦了，因为阿丽克西斯要用我的床柱当练习杆，你们要在客厅看电视，安吉丽娜要用厨房当马厩，所以我只能去浴室写作业！我厌倦了你们动我的东西，撕碎我的文件充当假干草，毁掉了一切！"

我努力挣脱抱着我的腿哭泣的安吉丽娜，把她推到墙边。

"你们以为，为什么我每天假装参加俱乐部，很晚才回家？"我抛下我的父母，喊道，"因为我讨厌这座房子和里面的每一个人！"

在安吉丽娜阻止我，狗狗们跑过来挡在我面前之前，我冲出走廊。我砰的一声，狠狠地关上大门，后面的他们寂静无声。

逃 离

1 妈妈找到我的时候,我已经走到小区附近的四车道大街旁。她把车停在我身旁,摇下车窗。

"艾米·安妮,跟我回家。"她说。

"不!"我答道。

"你想去哪儿?"

"去瑞贝卡家。"我对她说,尽管我只是想想,我并不知道该去哪里。我唯一想做的就是尽可能远离我的家。

因为妈妈占用了正常车道,后面来了一辆车嘀嘀按喇叭示意。妈妈只好发动汽车,开到另外一条路上。当我正沿路继续向前走的时候,妈妈走下车,站在车旁,连人带车挡在我面前。

"你的妹妹们已经乱作一团了,她们以为你永远不会回家了。"妈妈说。

"很好,我不会回去了。"我告诉她。

"她们不希望如此,你懂的。"妈妈说,"她们并不知道自己所做的,谁也不知道。她们本意并不是想毁坏你的文件。"

"但是她们毁了。她们毁了我的一切,还平安无事,这不公平!"我能感觉到自己又开始哭起来,我哽咽了一声。

妈妈弯下腰,对我说:"到这儿来。"她把我拥在怀里,我顺势哭着靠在她的肩膀上。"我不希望你又跺脚,又大喊大叫的,但你是对的。你为妹妹们做出了很多牺牲。我和爸爸很感谢你的付出,但有时候,我们似乎忘记了,并把你的付出当作理所应当。我们很抱歉。"

"对不起,我说我恨你们,其实我并不恨你们。"我对她说。

"我知道,亲爱的。回家吧,好吗?"

我又哭了。我不想放弃,但我也不知道自己能去哪里,也不知道无家可归后该如何生活。离家出走对克劳迪娅和杰米来说很简单,但是他们只不过是书中的人物,不像我是在真实的生活中。我趴在她的肩上点了点头。

家里,安吉丽娜、阿丽克西斯和狗差点儿把我撞倒在大门口。安吉丽娜和阿丽克西斯搂住我,紧紧地拥抱我。

"对不起,我没征求你的同意就把你的盒子搬走。"阿丽克西斯说。

"对不起,我撕碎了你的文件。"安吉丽娜说。

听起来,一定是爸爸教她们向我道歉的,但我很感激。爸爸也走过来拥抱了我,告诉我他很高兴我能回家。

"我们能不能帮你重新打印新表格?"爸爸问,"如果还来得及,妈妈今晚可以带你去办公室。那些全部都是明天董事会要用的吗?"

"是的,"我抽着鼻子说,"恐怕太晚了。"

"我们帮你做了新文件!"安吉丽娜说。

她和阿丽克西斯递给我几张纸,上面画着歪歪扭扭的线条,还随机填写了一些词。阿丽克西斯在上面写满了芭蕾舞术语,安吉丽娜让阿丽克西斯帮她写了很多小马的名字。我知道她们在尽力弥补,但这一切却让我再次心烦意乱。我得打电话通知特雷,告诉他一切都完蛋了。

"如果妈妈能帮忙,我们可以帮你填写!"安吉丽娜说。

"不,你们不懂。"我说。没法跟她们解释,她们的小马名单和芭蕾舞动作对我毫无用处。"这些表格必须在学校填。即便妈妈可以打印一千份,也要谢尔伯恩小学的每个孩子在明晚之前填好。"

突然,我起了一身鸡皮疙瘩——不过,是很好的那种,类似R.L.斯坦的《鸡皮疙瘩》。就是那种突然找到答案的感觉!

"可以吗?"我问妈妈,"今晚打印很多表格?一千份?"

"哦,是的,我们现在就出发。"妈妈说。

安吉丽娜和阿丽克西斯开心地上蹿下跳,狗也被我的兴奋感染到,高兴地吠叫起来。

"好了,好了,我去下载表格,马上出发,"我说,"哦,不,等一下,我得先打个电话。"

我跑到厨房,去给特雷打电话,告诉他发生的一切。

"她把表格全撕碎了?"特雷惊讶得差点儿忘了要保持安静,以免让他妈妈听到。"她把表格全撕碎了?"

他再次小声问道,"但明天董事会需要啊!我们四个人不可能及时填好,到下个月就晚了。下次就没有电视台来直播了,也不会有人关心这件事了。"

"我知道,"我对他说,"我们要动员学校里的每位孩子都来帮助我们填表。"

"怎么动员?"特雷不解地问,"即便我们能去图书馆,可我们还要上课。"

"这就是为什么我们要逃课的原因,"我紧张地说,"就像《天使雕像》里的克劳迪娅和杰米一样。"

"逃课?"特雷兴奋地小声问,"去哪儿?"

我笑了。"当然去我经常去的地方,"我对他说,"洗手间。"

西瓜疟疾

我和特雷在公交车上向丹尼和瑞贝卡解释了一切。第二天早上,我们藏在他们身后,确保在溜进洗手间之前不会被老师发现——我去女生洗手间,特雷去男生洗手间。我匆忙跑进最后一个隔间,把背包挂在挂钩上,把自己反锁在里面。

在学校里逃课的日子开始了。

在《天使雕像》这本书中,克劳迪娅和杰米把乐团的乐器留在家里,把出走需要的衣服、钱、牙刷和其他必需品装进乐器箱子。我没参加乐团,特雷也不是乐团成员,所以我们无法像他们一样。我们也不会在这里过夜。我的背包里只装了一堆我父母头天晚上帮我打印的表格以及足够一整天吃的零食。

第一遍上课铃声响起,我第一次因为违反规定而感到内疚。第二遍上课铃声响起的时候,我知道这回我真的迟到了,我的心跟着颤了一下,担心说不定什么时候,巴纳泽沃斯基侦探会带着她的警犬找到我。

洗手间的门开了,我抬起脚,屏住呼吸。难道是巴纳泽沃斯基校长来找我了?那么,等等——我是不是应该把脚放下来,看起来就像女孩子在正常如厕的样子?或许,我应该哗啦哗啦拽几张卫生纸,冲一下马桶。不行——这样她会叫我尽快回到教室上课!

"艾米·安妮?你在吗?"有人小声叫我。我听出来了,是乔安娜·帕克!那个叫我 AA 的女孩!

"我在这儿!"我小声回答,悄悄打开隔间门,偷偷向外张望。乔安娜怀里抱着《草原小屋》。

"哇!"我说,"你把书架上那两本都借出来了?"

"瑞贝卡告诉我的,"乔安娜对我说,"她说如果我们不这样做,有可能会不小心重复填写,我们没什么时间了。"

瑞贝卡真聪明!"好的。"我边说边从背包里拿出几张表,"那么,你回到教室前,只需填好这几张表格。"

乔安娜开始填表格。"我该怎么写?这本《草原小屋》没什么瑕疵。"

她说得对。但是不行——所有书都一样。我必须像斯宾塞夫人和瑞贝卡那样思考。

"书里的人染了疟疾，"我说，"这太可怕了，不是吗？移民者认为这是因为他们吃了坏西瓜！但吃了变质的西瓜是不会让人得疟疾的。这是故意误导。这会让孩子们认为西瓜会带来疟疾！"

乔安娜听了，咯咯地笑起来，然后把表格填好。

这就是那个计划。我们要做的正是斯宾塞夫人想禁书又不想等到董事会决议通过时所做的事情。我们要尽可能多地从图书馆借书，然后在今晚的学校董事会会议上为这些图书提交《复议申请表》。瑞贝卡和丹尼待在教室外面，把便笺塞到每个人的寄存柜里，通知大家借书，然后分别把书带到女生或男生的洗手间，找我或者特雷领表格。这就是为什么我们在学校上演"逃课"——因为我们需要在这里待上一整天，给大家分发《复议申请表》。如果谢尔伯恩小学一半的孩子可以帮忙，到晚上以前，我们就能为几百本禁书做好表格。

门开了，三年级的一个学生带着一摞《兔古拉》。"是在这里禁书吗？"她问道。"这边，"我对她说，"我给你一张表格。"

当你不得不去时，只管去

午饭前，瑞贝卡跑来看我，她来得正是时候，我需要她的帮助。洗手间里挤满了三年级、四年级、五年级和六年级的学生，每人手里都拿着一摞书，在填表格。他们不约而同地举手请假，从不同教室赶到洗手间。

"有点儿失控了，"瑞贝卡边说边帮一个三年级的孩子填表格，"每次有人从洗手间回去，马上就有人举手要去洗手间。你再看看图书馆。书架上一半的书都被借光了！借书的孩子排成一条长龙，每人怀里都抱着一堆书。那个新来的女士，镜像琼斯夫人，快犯心脏病了！她已经没有时间看她的名人八卦杂志了，但她又不能生气，因为办理借书是她的工作！"

没有书的图书馆。一想到这个我就不寒而栗，但这正是重点。我们就是要让他们看看,一旦你禁掉一本书,你就可以禁掉所有的书,当然就没有书可看了。

"借出来,把书都借出来,"我对瑞贝卡说,"哦,我们需要更多的《复议申请表》。"

到目前为止,我们已经质疑了一千本书!这比我们四个人之前做的要多得多。

"我让丹尼过来帮忙,"她说,"他联系了特雷。他那边的禁书表格和你一样多!你认识杰弗里·冈萨雷斯吧?那个太空实习生,杰弗里,我帮他给《星球大战》系列的每本书都找到了禁读的理由。"

"为什么?"

"这还用问吗?叛军联盟基本都是恐怖分子。他们在《星球大战》的结尾时炸毁了死星。你知道那里有多少人吗?那简直就是大屠杀!"

洗手间的门砰的一声打开,我担心了一天的声音在耳边响起。

"这到底是怎么回事儿?"巴纳泽沃斯基校长说。

我尖叫一声,一下把瑞贝卡拉进最后一个隔间。我们已经可以清晰地听到校长的脚步声,女孩们一哄而散,一半躲进隔间,另外一半从门口跑了出去。

"每间教室的老师都向我反映今天总是有人突然要上洗手间。"巴纳泽沃斯基校长说着,在关着门的隔间旁走来走去。她敲了几扇门,问道:"你们在干什么?"

"在上厕所。"索菲亚·马琳在里面应道。

校长的脚步声离我们的隔断越来越近。我把瑞贝卡按到马桶圈上,我坐在她腿上,以免巴纳泽沃斯基侦探从隔间门的下面查看。瑞贝卡被我压得龇牙咧嘴。

巴纳泽沃斯基校长敲了敲我们的隔间门,我俩吓得差点跳起来。"里面是谁?"她问。

我和瑞贝卡面面相觑。最后,我用胳膊肘推了她一下。毕竟她比我会说。我本该请病假的!

"嗯,瑞贝卡·齐默尔曼。"她赶忙回答。

"瑞贝卡,我想你该回教室上课了。"

我和瑞贝卡不安地相互看了一眼。

"但是,我请假了。"瑞贝卡说。

"我想你离开教室已经有一会儿了。"巴纳泽沃斯基校长说。

午餐铃声响了,我们俩又吓了一跳,外面的走廊里到处是吱吱的脚步声,开关寄存柜的咣当声,还有学生们的笑声。

瑞贝卡说:"午餐时间到了,从严格意义上讲,我不算缺课。"我想,也许有一天她真的会成为一名伟大的律师。

当一群女孩子走进洗手间时,巴纳泽沃斯基校长叹了口气。校长确实不可能对着午餐时间来洗手间的学生们发火,那正是去洗手间的时间。

"从现在起,请你在下课时间再上厕所,齐默尔曼小姐。"

"好的,夫人。"瑞贝卡用甜美的声音答道。

一直等到巴纳泽沃斯基校长离开,我们才松了口气。

"通知每个人不要继续热衷于洗手间申请表一事了,"当瑞贝卡溜出隔间,让下一位禁书者溜进来时,我补充道,"还有,别忘了多给我带些申请表过来。"

善意

放学后,当我和特雷、瑞贝卡,还有丹尼碰头时,我们已经收到了多到无法计数的申请表。于是,我们不得不把这些表格分开,各自带回家。

"这一定有五千本了,小心点儿!"特雷说。

"今晚数数,我很想知道。"瑞贝卡说。

"伙计们,图书馆就像被龙卷风洗劫一空了,"丹尼调侃地说,"小说区已经所剩无几。"

这真是太疯狂了。我们四个在四天里也只填了五百张表格。然而,仅仅今天一天的时间,在同学们的帮助下,居然远远超出我们之前的计划!我们要让这三英尺高的一摞《复议申请表》突然降临在董事会成员面前。斯宾塞夫人将毫无防备地被狠狠一击。

"那么,今晚我们都会出席会议,对吗?"我问。

我们各自确认每人都有交通工具,然后说好晚上再见。尽管我的背包有十磅重,但当我背着它去二年级的走廊和阿丽克西斯会合时,依然觉得身轻如燕。通常,她会坐第一班公交车回家,而我乘坐最后一班,如今一切都结束了。我的父母已经知晓我没有参加任何课后俱乐部活动。我将不得不和阿丽克西斯一起回家。但那是下星期的事情。这个星期,妈妈和爸爸会轮流来学校接我们回家。

阿丽克西斯正在低年级操场上像猴子一样爬来爬去。我在低年级的时候,也会在这里玩耍。如今,这里的一切都变了。崭新的运动设备代替了旧设备,这里就像一个小型游乐场。新秋千,两部滑梯——其中一部还是加宽的,上面有用来攀爬的螺旋楼梯,可以滑下来的杆子,可以荡来荡去的猴架,还有一个像露台一样的小亭子,可以在上面玩井字游戏。操场上甚至还有一个小小的传声筒从地面伸出头。你可以在一边对着操场的另一边喊话。下雨时就会变得泥泞不堪的硬土地覆盖上了厚厚一层碎橡胶片。踩上去软软的。

新操场相当不错。我真希望我二年级的时候这里也是这样啊。我看了看入口处的牌子。"谢尔伯恩小学家长教师委员会主席萨拉·斯宾塞夫人为纪念艾米丽·布里格斯夫人而捐赠"。

萨拉·斯宾塞夫人。特雷的妈妈。那个禁书"杀手"。作为家长教师协会主席,是她筹集资金为低年级修建了新操场。我站在那里出神地盯着牌子看了很久。她怎么会是给孩子们修建游乐场的人呢?

爸爸停下车,按响喇叭。我挥手大喊:"阿丽克西斯,爸爸来了。"

阿丽克西斯满脸通红地跑过来。

"操场真酷。"我说。

"最棒的操场。"她说。

"别忘了你的书包。"我提醒她。她找到书包,我们一同爬上爸爸的卡车。当我们驶离操场附近的时候,我还远远凝望着操场上崭新的游乐设施。

"谢尔伯恩小学家长教师委员会主席萨拉·斯宾塞夫人",我们很容易把斯宾塞夫人当成坏人,但一想到所有禁书理由,我就开始从斯宾塞夫人的角度思考这个问题。

这并不能说明她是对的。但我开始明白她一定以为自己在为我们做好事,尽管她错了。

我在会上发言

这次,董事会开会的房间和以往不同。

过道两侧的椅子上座无虚席,隔板都拆了下来,留出空间给参会的人们安放新椅子。大部分班上的孩子都是和父母一起来的,其他年级的孩子也一样。两名当地电视台的工作人员正贴着后墙放置摄像装置,他们已经采访过了几个刚来的孩子。当我和家人一起走进会议室的时候,其中一名工作人员认出了我,但爸爸伸出一只手说:"无可奉告。"

我还真有想法。事实上,是很多想法。但我想留到会议上去说。

琼斯夫人也来了,她穿着一件宽大的粉白相间的波点裙,她中断了一名记者对她的采访,走过来,紧紧拥抱着我。

"艾米·安妮！见到你真好！"她说。

我的眼泪立刻落下来。"琼斯夫人——我很抱歉！我并不想让你被解雇。"

"这根本不是你的错,"琼斯夫人说,"无论如何,我不能再继续这样下去了,我知道这一天就要到了。我为你所做的一切感到骄傲,我不希望你有任何后悔。"

"但我惹了麻烦,还给很多人带来了麻烦。"我惭愧地说。

"循规蹈矩的女孩难成大器,"她笑着对我说,"想想这是你第一次为维护自己的权益做出疯狂的举动。"她再次拥抱了我,"今晚你会发言吗？"

"我已经签到了。"我告诉她。

她点头表示赞许,然后走回去继续接受采访。

在房间的另一边,我看到斯宾塞夫人坐了下来。她穿着一件漂亮的裙子,外面披着浅蓝色的夹克衫。特雷坐在她身边——扎了一条领带！我真不敢相信。他发现我在看他,就偷偷地在他妈妈看不见的地方,向我竖起大拇指。

瑞贝卡的父母和我的父母打招呼时,瑞贝卡向我跑过来。她也是盛装出席。她穿着灰色宽松长裤和一件灰色夹克衫,里面是一件带扣的白衬衫。

"你有西装吗?"我问。

"当然,"瑞贝卡说,"每位律师都有一套漂亮西装。"

我觉得我穿得太随意了。我只穿了一条太阳裙,辫子上系了一条缎带。

"你的东西呢?"瑞贝卡问。

我拍了拍椅子上的背包,说:"这里,你的呢?"

瑞贝卡笑着举起一个大公文包。

会议开始了,我和妈妈、爸爸、阿丽克西斯,还有安吉丽娜找好座位坐下。妈妈爸爸决定把我们都带过来,阿丽克西斯对此尤其不高兴,因为她为此错过了一次芭蕾舞练习课。她双臂交叉,气哼哼地坐在椅子上,让我们看她的脸色。她是个爱发牢骚的人,但自从我昨晚爆发以来,她至少没再大声抱怨。

董事会宣读了上次会议讨论的事件(上次我没有参加会议),并提到了今晚要讨论的内容。

接下来就是公众发表意见的时间。

我深深吸了一口气。我的名字排在名单的第一位。我已经确定过了。我站在那里,双腿比我第一次走进校长办公室时抖得还厉害。妈妈紧握我的手为我加油打气。第一次参加校董事会会议的时候,我没能勇敢地走上去,如今我一定要做到。我对瑞贝卡和丹尼点头示意,他们和我一起来到讲台。当特雷站起来也加入我们的那一刻,斯宾塞夫人无比震惊。

"每次只能有一个人发言。"一位学校董事会成员提醒我们。

"我来讲吧!"我对同伴们说。我的心都提到了嗓子眼儿,之前说过那些话很难挤出来,但随着我说出第一句,后面的发言变得越来越轻松。"我叫艾米·安妮·奥林格,B.B.L.L.的总裁。"

"B.B.L.L.?"一位董事会成员疑惑地问。

"寄存柜禁书图书馆。"我解释道。

我的话立刻引起台下一阵骚动,我能感觉到记者的闪光灯对着我。灯光不停地闪烁,让人眼花缭乱。我真想躲到讲台下面再也不出来,但我还是努力抓住讲台的两侧,让自己站稳。

学校董事会主席敲着木槌让大家保持安静。"我们不想再听任何关于图书下架的讨论。我们已经讨论过了。"他对我们说。

"不,"我说,"我们不是想把那些图书拿回来,我们对更多的图书提出了质疑。"

我的话音刚落。我、丹尼和特雷打开背包,瑞贝卡打开公文袋。我们各自掏出一大堆文件,把它们放到前面的圆桌上,摞在一起,让它们看起来能给人们留下更深刻的印象。在我们身后,我听到摄像机在咔咔作响,大家交头接耳,一脸茫然。

"这是什么?"主席问。

我回到麦克风前对他说:"《复议申请表》,我们认为有更多的书不适合我们阅读。"

这时,董事会的成员们开始翻看表格。我已经确定,每张表格上都写着不同的书名。

"一共7541份。"我说。这个数字并不是图书馆所有图书的数量,甚至不到一半,但已经给图书馆造成了严重的伤害。

这个数字立刻在会议室引发了热烈的反响,董事会主席不得不再次敲响木槌让大家安静。

"真是开玩笑,"一位董事会成员轻蔑地说,"你们想禁数学书?"

"里面有虚数,"我说,"我们担心这会鼓励孩子们有假想的朋友。"

下面有观众笑起来，我把双手自然地放在讲台上，说话更加轻松自如。

另一位董事会成员说："这里有一份质疑词典的申请表。"

丹尼靠近麦克风说："那本词典里有很多脏话。我都查过了。"说着，他转身面向身后的摄像头，用手捋了一把头发，来了一个迷人的微笑。"丹尼·珀塞尔。"他自我介绍道。

"《神奇树屋》？"又一位董事会成员说，"质疑它违反了建筑法？"

斯宾塞夫人怒气冲冲地站起来说："尊敬的主席阁下，这绝对是在开玩笑。我们能否继续接下来的议程？"

这时，我的爸爸站了起来。他说："哦，不对。我在建筑行业工作，我看过那些书。那个树屋没有扶手，你从图片上可以看到那些地板托梁厚度达不到十二英寸。"

这番话又引发了一阵笑声，大家的情绪再次躁动起来。

"主席先生！"斯宾塞夫人打断了躁动。"主席先生，我提议忽略这些新质疑，讨论正事儿。"

"你不可以在公开讨论时间提出动议。此外，她甚至不应该讲话。你们说过每次只能有一个人讲话。"

"你是哪位？"主席问。

"瑞贝卡·齐默尔曼。B.B.L.L.的法律顾问。"瑞贝卡神气活现地说。

"按照流程，她的发言也该结束了。"斯宾塞夫人说。

主席松了口气说："时间到。请回到你的座位，奥林格小姐。现在……"

他翻阅了一下手里的清单，略显疲惫地说："瑞贝卡·齐默尔曼，轮到你发言了。"

瑞贝卡靠近麦克风说："我恭敬地把剩下的时间转交给艾米·安妮·奥林格。"

虽然董事会主席盖住他的麦克风，但会议室里的每个人都能听到他在问其他成员："可以吗？允许她发言吗？"

"根据《罗伯特议事法则》条款，接下来的十二个名字，全部是谢尔伯恩小学的学生，他们都将把剩下的时间全部留给艾米·安妮·奥林格。因此，你们将不得不听完她的发言。"

签字要求发言的孩子们全部起立，他们遍布会议室各个角落。瑞贝卡的妈妈和爸爸穿着西装，微笑着对她竖起大拇指。

"尊敬的主席阁下,"在他们要求我坐下之前,我冲到前面说,"您必须禁止这些图书。"

"我们不必这么做,大多数质疑都出于一些愚蠢的理由。"主席说。

"或许对您来说是愚蠢的。每个人都有自己觉得愚蠢的东西,比如我们就认为先前禁止那些图书的理由是愚蠢的。是什么让一个人的理由比另一个人的理由更愚蠢或者更聪明?"

我的话让所有人安静下来,这种安静再次让我紧张起来。我想拼命地吸我的小辫子,但我知道我不能那么做。至少不能在这里。我再次用力抓住讲台。"你们下架了《埃及游戏》,因为有人不喜欢孩子崇拜古埃及的神秘文化;你们下架了《朱妮·B.琼斯》系列丛书,因为有人不喜欢她说话的方式;你们下架了《天使雕像》,世界上我最喜欢的那本书,因为有人说它教会孩子如何撒谎、欺骗、离家出走,尽管我从未欺骗过任何人。"

我希望他们没有注意到我没有反驳"撒谎和离家出走"。我接着说:

"你们不能两头都占。如果你们就因为一个人对一些书提出疑问，就禁止这些书；那么你们就必须禁止所有这些书，因为我们发现这里的每一本书都有人提出质疑。等你们禁完所有图书，谢尔伯恩小学图书馆的书架上将不会留下任何一本书。不过，我猜想这刚好如你们所愿。威克郡学校董事会可不希望学生们阅读那些会吓唬他们、教育他们，或者让他们愉悦，向他们呈现新鲜事物的图书；又或者是那些让他们悲伤、快乐、震惊或脑洞大开的书——也就是所有的图书。"

会议室里一片沉寂，只有摄像机在一旁嗡嗡作响。在天花板上荧光灯的照射下，董事会成员们个个脸色惨白。又或许，是摄像机灯光的缘故。

斯宾塞夫人站了起来。事实上，她从未坐下过。"这真是太愚蠢了，"她说，"从谢尔伯恩图书馆下架那些图书是有正当理由的，它们是有害的。这些书里的每个人都在鼓励这样或那样的错误行为，我相信在座的各位都会同意，谁也不希望谢尔伯恩小学整整一代学生将来成为危害社会的一群人，仅仅因为在四年级时读了不恰当的书。"

"所以，你质疑的所有那些书，"我对斯宾塞夫人说，"如果我看了任何一本，我就会变成一个坏人？"

"我想说的是有可能,是的。"

我已经准备好接下一句。我感到屋子里的每一双眼睛都在盯着我看,等着听我说点什么。等着我,艾米·安妮·奥林格,站起来大声说出我想说的话。

"斯宾塞夫人,你禁止的第一批图书里有一本名叫《上帝你在吗?是我,玛格丽特》,你读过这本书吗?"

会议室里有人咳嗽了几声。他们知道这本书谈论了些令人尴尬的事情,就是一些不应该在大庭广众之下讨论的事情,一些发生在一个即将长大的女孩身上的私事。

斯宾塞夫人红着脸说:"没有,当然没有看过。"

我直视着她,问道:"你确定吗?"

斯宾塞夫人站起来斩钉截铁地说:"我确定我没看过。"

"这真是太有趣了,"我说,"因为我从图书馆里拿到这张旧的到期卡片,上面有你在1982年的签名。"

当我举起手中那张从《上帝你在吗?是我,玛格丽特》书中拿到的卡片时,观众们或屏住呼吸,或咯咯地笑出声来。斯宾塞夫人的脸色苍白。

"嗯,我,我可能借过一次,但我只看了一眼,没有读。"斯宾塞夫人窘迫地说。

"五次吧?"我追问。观众席顿时又是一片笑声。电视台记者最喜爱的一幕!斯宾塞夫人看起来很不自然,她坐了下来。我不喜欢她所做的事情,我想纠正这个错误,但我不想惩罚她。

"斯宾塞夫人,请等等,"我接着说,"斯宾塞夫人,您是北卡罗来纳州艺术博物馆的委员会成员吗?"

她答道:"我吗?是的,我是。"

"还是罗利慈善医疗基金会成员?"

"是的。"

"以及北卡罗来纳州歌剧协会的会员?"

"是的。"她答道。爸爸吹了一声口哨,为我欢呼。

"并且是您捐助了谢尔伯恩小学低年级操场的重建?"我问。

"嗯,是的。很多人参与了这个项目,但我负责监督,是的。"

"斯宾塞夫人,你会说你是个好人吗?"

斯宾塞夫人一时语塞,好像试图忍住哽咽。"是的,我是这么想的。"她回答。

"我也这么想,"我对她说,"即便您在五年级时,读过五遍您认为很糟糕的书,但我认为您长大后是一个非常好的人,一位好妈妈,一个好市民。尽管有这么多不可思议的书存在,也没能把您变成一个坏人。"

斯宾塞夫人坐下来,用手绢擦了擦眼角的泪水。

会议室再次安静下来,每个人都看着我。董事会主席终于清了清嗓子说道:"奥林格小姐,你还有什么要说的吗?"

"是的,我们有一份由质疑协调员特雷·麦克布莱德制作的关于《第一修正案》的演示文稿。"

主席举起手说:"我不认为我们需要这个文稿。"

另一位董事会成员靠近麦克风说道:"我想也许我们需要,斯坦。"说着,她示意特雷把图片拿过来。于是,特雷把我和他在沃恩先生的课上做的演示文稿分发给大家。董事会成员依次传阅着。

"牧师举重这张是什么意思?"一个成员问。

"宗教信仰自由的权利。"特雷解释道。

我恼怒地看了他一眼。

"怎么了?"他说,"这没毛病啊!他们可以在教堂做任何想做的锻炼。"

"谢谢,麦克布莱德先生。"那个提问的女士说。

随后,特雷收回了他的文稿,返回讲台,我们继续站在那里等待着。

董事会成员们意识到他们遇到了麻烦。要么禁止我们质疑的全部图书，要么一本书也不能禁。不管是哪种选择，都会让他们在摄像头下出丑。

此时，琼斯夫人出来救场了。她走过来，和我们一起站在讲台上，说道："我想我有个办法，"她说，"如果奥林格小姐同意给我些时间？"

我点了点头。

"董事会的女士们，先生们，就在不久前，在我担任谢尔伯恩小学图书管理员期间，我们对图书的质疑有一项官方的规定。当一本书遭到质疑时，就会被送到教师委员会复审，然后交给我这个你们聘请的代表，做最后的决定。这是你们设计并认可的一个公正又平衡的系统，是一个可以保护每个人的系统。但自从执行这一流程以来，谢尔伯恩小学没有下架任何一本图书。"

有那么一两位董事会成员开始明白琼斯夫人的意图，即使我还不理解。

"后来发生的所有麻烦都是在这项复审流程被废弃后开始的，自此，董事会开始随意下架图书。我郑重提议重新启用复审流程。这样，可以让谢尔伯恩小学之前下架的图书重返书架,然后由教师委员会复审,最终由学校图书馆管理员决定它们的去留。如果委员会确定这些书不适合某一年龄段的孩子阅读,就可以下架。但如果不是……"

琼斯夫人此时的声音低沉下来,但我们都知道会发生什么。会发生什么呢?这些书将永久保留在谢尔伯恩小学的书架上,所有想下架它们的人都要重新考虑自己的决定。这次,他们不会再犯同样的错误。

"提议所有禁书申请呈交董事会之前先通过复审流程。"一位董事会成员说道。

"赞成。"有三名成员异口同声说道。

"全体通过吗?"主席问。

"是的。"所有成员答道。甚至没等主席问是否有人反对。主席敲了一下木槌,房间里顿时响起了欢呼声。

我紧紧地拥抱着丹尼、特雷和瑞贝卡。

"我不明白,"丹尼说,"这是什么意思?"

"他们在公开评论时间提出了一项动议,这并不符合法定程序。"瑞贝卡说。

"嘘!"我急忙对瑞贝卡比画着说。我开心得又蹦又跳。"这意味着我们赢了。"

双A特工

在学校董事会会议后的第二天,当地的新闻电台、报纸都希望给我做一个专访。我们甚至接到全国有线新闻频道的电话。爸爸和妈妈最终让步,同意我做专访,但我对所有新闻媒体讲的话都是一样的。就是琼斯夫人在斯宾塞夫人第一次质疑《内裤超人》时所说的那番话,我反复练习,直到每次都能做到对答如流:

"除了你的父母,没人有权利告诉你可以读什么书,不可以读什么书。"

琼斯夫人恢复了图书管理员的职务,所有谢尔伯恩小学之前被禁的图书也都重新回到书架上。当地报纸上有人刊登了我和瑞贝卡、丹尼以及特雷协助琼斯夫人码放图书的照片。

在我们开始码放图书之前,琼斯夫人在我的衬衫上别了一枚塑料徽章。我把它抬起来,看了一眼。这是一枚平时只有老师才能佩戴的徽章。上面有我的照片,旁边写着:艾米·安妮·奥林格,图书管理员助理。

"好,现在正式开始。不过,如果你想成为一名真正的图书管理员,我们必须讨论一下图书馆用户隐私的问题。但这是另外一个话题了。恭喜你,艾米·安妮。谢谢你。"

琼斯夫人给了我一个紧紧的波点裙拥抱,瑞贝卡、丹尼和特雷使劲为我鼓掌,好像我得了大奖似的。

琼斯夫人推着一车"禁书"走出来,我们开始把它们放回原处,记者们忙着给我们拍照。快收尾的时候,我们看到一堆之前我从未见过的、用建筑用纸装订的图书。第一本上面的名字是《双A特工与啃书牛》。封面上有一张图片,上面画着一个戴着面具的间谍女孩,嘴里叼着一本书正在和一头忍者牛对决。在封皮顶端的一角写着:"第一修正案漫画。"

"这些是我想让你帮我上架的新采购图书,把它们放在M字母的漫画小说区域,代表麦克布莱德。"

丹尼捋了一把挡在眼睛上的头发,为了看得更清楚些。"特雷画的吗?"他说,"酷毙了。"

"双 A 特工,啊哈?"瑞贝卡说,"太像你了,艾米·安妮。"

特雷红着脸说:"我刚刚得到的灵感。"

我笑了。我喜欢这张画。特别是,我不再是一只老鼠了。我是一个能干的秘密特工。

"不知道你妈妈会不会喜欢被画成一头牛。"我打趣道。

特雷睁大眼睛说:"哦,是啊,那千万别告诉她。"

大结局

那天下午，我和妹妹阿丽克西斯一起坐在公交车上，我欣赏着我那枚崭新的图书管理员徽章。公交车在街道尽头停下，我们下了车，阿丽克西斯一路转着圈回到家。我站在后面望着我家那座黄色的房子。我仍然喜欢《天使雕像》里那个离家出走的想法，但只是为了冒险。我不再勉为其难地回家。当然我的家仍然混乱不堪。只是我变了，我不再遇事听之任之，如果有什么事情干扰到我，我会大声说出来。

"快点，艾米·安妮！"阿丽克西斯喊道，我紧走几步追上她。

弗洛特和杰特在门口迎接我们，它们扑在我们身上上蹿下跳，差点把我们撞倒。安吉丽娜快马加鞭地飞奔进客厅时，它们又迅速转身追过去。厨房里没人，但我能听到爸爸在走廊的什么地方哼唱着他最喜欢的歌剧。

"艾米·安妮？你和阿丽克西斯一起回来的？"妈妈喊道。我被吓了一跳。妈妈很少这么早回家。

"是的！"我大声回答。

"过来帮帮我们，"妈妈说，"我们在客房。"

好极了！如果他们在客房，说明他们正在打扫房间，有什么人要住进去，他们需要我帮忙。果不其然，当我走过去时，我看到爸爸从壁橱里搬出一堆盒子，妈妈在收拾桌子上的东西。

"为什么安吉丽娜和阿丽克西斯不来帮忙？"想到这里，我问。

"因为这不是她们的卧室，"妈妈说，"这是你的。"

我惊呆了。我的卧室？整个房间都是我的，没有别人？

爸爸举起哑铃。"我和妈妈意识到我们准备了一间没人锻炼的健身房。"

"一间从未用于办公的居家办公室，"妈妈补充道，"如果你的祖父母过来，他们就住在我们的卧室，我和爸爸可以睡在客厅的沙发上。你和阿丽克西斯都应该有自己的房间了。"

"或许从此以后,你放学后就不必继续待在学校里不想回家了。"爸爸笑着说。

我红着脸,再次对他们说了声:"对不起。"

妈妈搂住我。"没关系,亲爱的。我知道,这不是一座大房子,有时会让人觉得压抑。"

"很多时候都是。"想到这儿,我随口说了句。

妈妈笑了。"很多时候都是。但现在你有自己的'孤独城堡'了。这里,我已经为你清理好了一个书架。你可以用整个书架放你的书,另一个书架放你从图书馆借来的书。"

我迫不及待地跑回以前的房间,抱起一堆书,一本接一本地码放在书架上。我想按照作者名字第一个字母给它们排序,或者按主题分类摆放。我自己的书架。我把刚刚从图书馆借出来的六本书放到书架的底层。

"都是你今天借的书吗?"爸爸问。他拿起一本《饥饿游戏》,随手翻了几页。"哇,这本书有点儿暴力,"他合上书,看了一下封底,"上面说主人公十六岁。"

"这是学校图书馆的书。"我对爸爸说。

"是的,但谢尔伯恩小学是一所从一年级到六年级的学校,我想或许我还不能允许你看这本书。"他说。

我呆呆地看着爸爸,问道:"你要禁止这本书?但我刚刚让董事会停止禁书?"

"不,你只是让董事会停止禁止所有人可以读的书。但我想,我们仍然是你的父母,有权告诉你可以读什么书,不可以读什么书。"爸爸说。

"但,但瑞贝卡的父母允许她看这本书。"我争辩着。

"瑞贝卡的父母可以允许她做任何他们允许的事情,但电视里那个可爱的小女孩是怎么说的来着?"爸爸调侃道。

"除了父母,没人有权利告诉你可以读什么书,不可以读什么书。"妈妈在一旁接过话茬儿,她引用了我在电视采访中说过的话。对此我无话可说。是我说的,我必须承认,这正是我为此奋斗的目标。

爸爸吻了一下我的额头,把《饥饿游戏》放在书架上说:"再过几年,你会更喜欢这本书的。"

我点点头。虽然对此我不太高兴,但我尊重他们的决定。有时,你必须打破规则做正确的事,但很多时候遵守规则才是正确的。

这倒让我想起了一些可笑的事情。斯宾塞夫人禁掉了我最喜欢的那本《天使雕像》，因为她认为那本书会鼓励孩子们撒谎、偷窃、不尊重长辈，等等——而这些事情我都做了一遍。但这并不是哪一本书教我这么做的，是"禁止"这本书教会了我撒谎、偷窃以及对成年人不尊重。我觉得这些实在是可笑，很想把这些想法告诉爸爸妈妈。

于是，我把我想的告诉了他们。

作者注释

这本小说里出现的每一本被学校董事会下架的图书，都是过去三十年中，美国学校图书馆里曾被质疑或禁止过的图书。

图书在版编目（CIP）数据

此书禁止阅读 /（美）文化·格拉茨著；孙晓颖译.
— 南昌：二十一世纪出版社集团，2024.1（2025.6重印）
（蒙克米托利亚大奖小说典藏本）
ISBN 978-7-5568-7650-1

Ⅰ.①此… Ⅱ.①文… ②孙… Ⅲ.①儿童小说—长
篇小说—美国—现代 Ⅳ.①I712.84

中国国家版本馆 CIP 数据核字（2023）第 154077 号

BAN THIS BOOK by Alan Gratz
Copyright©2017 by Alan Gratz
First published by Starscape, an imprint of Tom Doherty Associates.
All rights reserved.

版权合同登记号 14-2019-0291

此书禁止阅读
CI SHU JINZHI JIEYUE

[美] 文化·格拉茨 著 孙晓颖 译

出 品 人	刘凯军	责任编辑	广丁
特约编辑	李佳音	美术编辑	广丁

出版发行 二十一世纪出版社集团（江西省南昌市子安路75号 330025）
网 址 www.21cccc.com
经 销 全国新华书店
印 刷 大连天写彩色印刷有限公司
版 次 2024年1月第1版
印 次 2025年6月第3次印刷
开 本 889 mm × 1194 mm 1/32
印 张 8
字 数 129千字
书 号 ISBN 978-7-5568-7650-1
定 价 36.00元

赣版权登字 -04-2023-802 版权所有，侵权必究
购买本社图书，如有问题请联系我们；扫描封底二维码进入客户服务号，留言电话：0791-86512056（工作时间可接打）；
服务邮箱：21sjcbs@21cccc.com。